講談社文庫

通りすがりのあなた

講談社

世界が終わる前に 7
妖精がいた夜 29
あなたの国のわたし 61
六本木のネバーランド 103
友達なんかじゃない 135
サンディエゴの38度線 179
世界一周鬼ごっこ 197
エンドロールのようなもの 244
解説　はあちゅうという小説家　岩井俊二 246

通りすがりのあなた

世界が終わる前に

私がこのことを書こうと思ったのは、書き留めておかないときっと近い将来、忘れてしまうと思ったからだ。それくらい最近の私は忘れっぽく、つい数日前や数週間前の出来事がどんどん頭から抜けていく。忘れてしまうことはなかったことと同じみたいですごく悲しい。ばかげた祈りでしかないけれど、書くことで、あっちの世界に今いる彼に私の念が伝わればいいな、と思った。ただの自己満足かもしれないけれど、誰かの目にこれが触れることで、私も少し救われるかもしれない。

彼と出会ったのは二〇〇六年の夏だった。就活へのウォーミングアップとして、サマーインターンの選考を受ける同級生たちをしり目に、まだ学生生活の総まとめに取り掛かるほど大学生活を十分に謳歌《おうか》しきれていなかった私は、在籍していた大学の交換留学制度を利用して香港大学に留学した。香港は父の仕事の都合で幼少期にも一年を過ごしたことのある特別な場所で、思い入れがある。返還前の香港を生で体験する機会を得たのだから、返還後の香港もこの目で見届ける義務があるようにも思った……というのは後付けの理由だ。特に学びたいことがあるわけでもなく、少し卒業をのばしたいだけの私にとって、香港というのは物理的にも心理的にも遠すぎず、近すぎず、ちょうどよい距離にあった。

交換留学のための試験は倍率が高いと聞いていたけれど、なぜか私にはこの試験は通って当然という根拠のない自信があった。何か大きなものに手招きしてもらっているような心地でスムーズに試験を突破し、数ヵ月後には予定通り合格通知を得ることができた。いくつかの書類の必要事項を埋め、Air Mail と印字された郵便を受け取り、オンラインの手続きも何度かして、あれよあれよというまに気づけば私は香港大学付属の女子寮に入寮することになっていた。

新学期の始まる三日前、到着するなり、英語を理解しない寮長にスーツケースとともに海の見える一人部屋に放り込まれた時、何か新しいことが始まる予感がしたのだけは、今でも昨日のことのように思い出せる。夜ごときらめく香港の海を見渡して、映画のヒロイン気分に浸《ひた》っていた私は、数日後、山側の部屋に移動を余儀なくされた。海外からの留学生は特別な理由がない限り、異文化交流促進のために、ほかの国からきた留学生との二人部屋に入ることを義務付けられているらしかった。

私と同室になったのは、期間限定の留学ではなく、卒業を前提として在籍しているジェシカという女の子で、上海出身だった。英語を使える中国人は、英語名と中国語名の二つを持っていることが多い。ジェシカの中国語名は、何度か教えてもらったけれど、もう忘れてしまった。本土出身ときいて、反日感情という四文字が浮かんだけれど、ジェシカは日本のアニメとドラマの大好きな親日中国人だった。彼女は私が日本人だと知ると、開口一番「千秋様のこと知ってる？」と聞いてきた。千秋様というのは、人気漫画「のだめカンタービレ」の登場人物で、ドラマ版では玉木宏《たまきひろし》さんが演じていて、ジェシカは玉木宏さんのことを千秋様と呼んでいるのだとやっと理解したのは、二日後、ジェシカのベッドに海賊版の「のだめ〜」のＤＶＤが散らばっているのを見つけた時だ。映像よりも本が好きな私は、日本のドラマを当時ほとんど見ていなくて、俳優さんやドラマに関しては私よりもジェシカのほうがよく知っていた。ところで、そんな愛らしいジェシカのことはこの話のほんの余談でしかなくて、私が本当に書きたいのはマイケルのことだ。

マイケルは台湾系アメリカ人で、香港には私と同じように交換留学で一年だけ来ていた。彼はいわゆるＡＢＣ（アメリカン・ボーン・チャイニーズ）で、中国語は話せるけど、漢字は一切読めないし、書けない。出身はサンフランシスコで、台湾にちゃんと住んだことはなく、アイデンティティーはアメリカ人だ。けれど、自分や家族に流れる中国の血も大切にしたいという意志があり、自分の中の中国を確かめるために香港に来たと言っていた。台湾や中国本土にしなかったのは、彼の中国語能力が、現地の大学に留学するにはまるで足りなくて、香港大学であれば、中国を感じながら英語で勉強できるからだった。公用語に英語が含まれる香港であれば生活に問題はないし、大学の授業はほとんど英語で行われた。そのおかげで、校内にはたくさんの英語しか話せない留学生がいて、香港大学の売りである多様性を保つのに一役買っていた。

留学する前からわかっていたことだったけれど、私は大学内で孤独だった。人の輪の中にすんなりと入っていけないのは幼稚園の時からの変わらない習性で、環境が変わっても、相手が外国人であっても変わらなかった。最初の数週間はそのことを苦々しく嚙《か》みしめたものの、だんだんといつも通り自主的に感情の不感症になり、私は私の孤独を当たり前に受け入れられるようになった。教室やトイレの位置関係と時間割さえ頭に入ってしまえば、教室移動を共にする友人は必要ない。私は私と同じような孤独を抱えていそうな人とだけ、お互いに導かれあうようにして適度に付き合った。

のび太君の実写版みたいなベトナム人のホンや、いつも物ほしそうな顔でこちらを見てくるスウェーデン人の（スウェーデンかノルウェーかデンマークか忘れてしまった）アダムや、可愛い顔をしているけれど肌荒れがひどい香港人のリリー。電話番号を知っていたのは、何度か授業が一緒になったことのあるこの三人だけだ。ルームメイトのジェシカはほとんど部屋にひきこもって日本のドラマかアニメを見ていて、部屋に帰れば会えるので、番号は聞いていない。そしてもう一人、番号を知っていたのがマイケルだった。

マイケルは、本来なら私とつながりを持つタイプの男の子ではなかった。私の様な陰のオーラを持つ人間は彼みたいに光を放つ人間には著《いちじる》しく敏感になるから、初めての留学生オリエンテーションから、その存在は知っていた。

彼は絵にかいたような人気者タイプで、どんな場所にいても必ず誰か光をまとった人と一緒にいたし、教師にはあからさまに好かれていたし、授業中にあてられれば、堂々と発言していた。調子だけではなく頭もまあまあいいようだった。カリフォルニア大学からの交換留学生だと後から聞いて、納得したおぼえがある。カリフォルニア大学に知り合いはいないけれど、そのまぶしい語感からくるイメージは彼にすごく似合っていた。

彼は校内で一番目立つスターバックスのテラス席に、堂々と金髪美女たちとたむろし、授業に遅刻するときでさえ、存在感を見せつけながら入ってきた。そして先生に咎《とが》められるとジョークで返して、教室中をたちまち味方にしてしまう。その立ち居振る舞いを、私はまるで映画の主人公を見るように、半分夢心地で眺めていた。あっちは生まれながらに主人公を約束された人生で、こちらは所詮《しょせん》脇役なのだという胸の痛みさえ我慢すれば、彼を見ているのは気持ちがよかった。

すうっと通って高く、まっすぐな鼻。すべすべしてきめこまかくて、触れられたり、見られるためにある褐色《かっしょく》の肌。嘘みたいにくっきりと平行な二重と、重みがあって長く、まっすぐなまつげ。一度も染めたことがないという真っ黒な髪の毛は、香港の湿気で少しもわりとしていることもあった。腕も胸も、筋肉でぱつんと固く、近寄るとカルバン・クラインのさっぱりとした香水の香りがした。後になってから「この香りは、高校の時からずっとつけているんだ」と教えてもらった。

左目の下には、私が昔から憧れていた泣きぼくろがあった。香港の占い師に一度「女難の相だ」とまるで咎めるように指摘されたというそのほくろは、セクシーさの象徴のようで、私は好きだった。

九月の、まだ新学期が始まって間もないある日のことだった。

女子寮から一番近いスーパーマーケットで、携帯電話を部屋に忘れてきた彼は、香港大学の学生なら電話をかしてくれるだろうと大学生を探していて、そこに通りがかったのがまさに、大学名が書かれたバインダーを腕に抱えた私だった。何度か見かけたことのあるキレイな顔が、自分に話しかけてきた瞬間、逃げ出したくなった。私は、私の英語が完璧ではないことが、このキレイな顔の人にばれるのが嫌だった。私の英語はいびつなのだ。幼少期の香港滞在中に、アメリカ人教師に英語を教わったおかげで、発音に関してはネイティブのようだと褒《ほ》められる代わりに、語彙力と文章構成力がまるで追い付いていない。最初、こちらをネイティブスピーカーと同じように対等に扱っていたイギリス人やアメリカ人が、次第に「この子には難しい話は無理だ」と悟り、なんとなく蚊帳《かや》の外におかれたり、見下されたりするのは、何度味わっても気持ちのいいことではなかった。

予想していたことではあるけれど、数往復の会話が終わると、マイケルは「アー・ユー・ジャパニーズ？」と聞いてきた。しかたなく、「イエス」と答えると「キュート」と言って真っ白な歯を見せて笑う。外見ではなく言葉がキュートというのは、いいことなのだろうか、悪いことなのだろうか。いずれにせよ、その言葉で私は、彼の中での何かの対象外になった気がして悲しかった。

マイケルは私の電話で誰か――おそらく彼の住む男子寮の友人――と話し、約束を忘れていたことと、ソーリーという言葉を何度か繰り返した後、電話を返してくれて「お礼にお茶をおごらせて」と言ってきた。英語生活に疲れていた私は、これ以上彼と会話を続けると、自分の英語能力の低さと向き合わなければいけないことと、彼と個人的な話をすることを二重の重荷に感じたけれど「隣の隣にあるタピオカジュースの店に前から行ってみたかったんだ」と屈託《くったく》なく話す彼には、断るよりもついていくほうが自然なことのように感じた。

確かあの時、マイケルはタロ芋味のジュース、私はグリーンティー味のタピオカジュースを頼んだと思う。たいして恋愛に興味のなさそうな、化粧っ気のない香港人の女子大生バイトがマイケルを見て、はっとした表情になったのは、私の思い違いかもしれない。だけど、日常に疲れた冴えない女にさっと一陣のそよ風を感じさせてくれるだけの爽《さわ》やかさは、私自身も彼から感じていたから、一瞬そのバイトちゃんと言葉を超えてつながった気がした。

日本円にして五百円くらいの会計をさらりとすませてそれで終わりかと思ったら、彼は「時間、あるよね?」と言ってきた。香港大学での履修科目、日本の大学のこと、日本にいる家族のこと。小一時間いろいろなことを聞かれた。私が簡単な英単語を思い出せず言葉に詰《つ》まっても、彼は苛立《いらだ》ったりせず、辛抱《しんぼう》強く待ってくれた。言葉が出てこなくても、「言いたいことはなんとなくわかるよ」と言ってくれた。

私に聞いてきたのと同じくらい、彼も話をしてくれた。自分のルーツのこと。アメリカで在籍している大学のこと。サンフランシスコの気候のこと（サンフランシスコはほとんど雨がふらなくて、一年中カラッと快晴だから、人々の心も明るいらしい）。

それから「これは他の人には秘密だけれど」と、たまに女の人の彼氏役をして、お金を得ていることも教えてくれた。何気なく告白されたその事実は、私にとっては衝撃的だった。日本の高校や大学にも派手な人たちはいたけれど、体を売っている人や、それを堂々と公言している人はいなかった。

「ジゴロっていうんだ。すごくシンプルで、エキサイティングなバイトだよ」と彼は続けた。そこには罪悪感も恥じらいも一ミリもなく、ジゴロ（日本語で言うところの、ヒモとか出張ホストのことだと思う）は勝ち組の仕事だと信じているみたいだった。「頭も使うし、男としてのレベルも試される。香港にきていったんお休み中だけど」

興味本位で私が「あなたと寝るのに、いくら払えばいいの？」と聞くと、彼は「いつもなら一回のデートは五百ドル。エスコートも、キスも、その先も込みの値段」と言った。

それを聞いて、この誘いにのってみるのもありだな、と心が動いたのは否定できない。彼がそういうときにどんなふうに振る舞うのか見てみたかった。レジの女子大生がこちらをチラチラうかがうのも視界の隅に入っていたし、彼が普段つるんでいる可愛い女の子たちの顔も頭に浮かんだ。今この場所で、人気者のマイケルと対等に喋《しゃべ》っているという事実は、それだけで私の心をぐんぐんと元気にしてくれていた。そして、もし彼をお金を払ってでも自分に寄り添わせることに成功したら、私は、今よりも大きな優越感で包まれるに違いなかった。私のこれまでも、そしてこれからもきっと地味な人生で、何か大胆なことをするとしたら、一生のうちに今しかない気がした。どんなに平気なふりをしていても、私はクラスの人気者には決してなれない自分の脇役人生に飽き飽きしていたし苛立ってもいた。異国で男の性を買うくらいのぶっ飛んだことを思い切ってやってみれば人生も変わるかもしれない。変わらなくても、相手がマイケルなら後悔はしなそうだ。旅の恥はかき捨て、という言葉も頭をよぎった。留学なんてちょっと長い旅でしかない。

父が送ってくれる毎月の生活費の他に、こちらでの生活の充実のために使おうと思って持ってきたお金もいくらかあった。だから私は、彼をお金で買うこともきっとできたと思うのだけれど、彼の次のセリフは私の考える時間を奪ってしまった。

「今日は困っているところを助けてもらったからタダでもいいよ。特別にデートしてあげる」

その日から、私は彼と、なんとなく付き合うようになってしまった。なんとなくというのは正式に付き合うことの基準を私がよくわかっていなかったのと（なにしろそれまでろくな恋愛をしてこなかった。処女ではなかったものの、経験豊富でもないし、私が知っている以上の何かを恋愛を通して教えてくれた男の人は、その時点の私の人生には存在しなかった）のと、彼が、他のいろんな女の子ともハングアウトしていたからだ。

校内のスタバでは、おへそがちらつくホットパンツのポニーテール女子と抱き合っていたし、街中で金髪女子の買い物に付き合っている彼に鉢合《はちあ》わせたこともある。いつ見かけても、タイプの違う美女とベタベタしているのだ。何度か彼の取り巻き女子の間で取り合いがなされたみたいだけれど、肝心の彼がヘラヘラと平和に振る舞うので、いつのまにか争いは鎮火しているし、そうでなくても、私はそういうものからは無縁だった。彼の取り巻きは私のことは敵扱いしなかった。人目につくところでは彼と会わなかったし、彼と私がそういう関係だと知っている人はたぶん一人もいない。どんな場面に出くわしても、彼はまったく悪びれずに、「ハーイ」と白い歯を見せて堂々と笑った。だから、彼と私の間に特別なことなんて何もないと、私自身いつも騙《だま》されそうになっていた。

私たちのデートは、愛を語り合うようなこってりしたものではなくて、彼からメールか電話で会おうと言われれば、私が彼のいる場所に飛んで行ったし、彼が女子寮の近くまできてくれてお茶することもあった。ジェシカは一度近くのカフェで私が彼と話しているのを見て、「彼のこと見たことある。サホは彼と親しいのね」と言ったけれど、それ以上は何も言ってこなかった。

平和にお茶をするだけではなくて、一緒に何度か恋人らしい場所にも足を運んだ。ホテルでディナーした後に、彼が部屋を予約していてくれたこともあったし、男子寮の彼の部屋に私が忍び込むこともあった。彼からはデート代としてのお金は一度も請求されなかった。ホテルや食事にかかるお金は、私が払ったり彼が払ったりした。特にお互いに支払いのルールは決めなかったけど、それでなんとなくうまくいっていた。彼と私は男でも女でも、友達でも恋人でもない、新しい関係性を作りつつあった。

映画や遊園地や買い物には一度もいかなかった代わりに、カフェや公園や彼の部屋で、たくさんのことを話した（彼はそういうイベントフルなデートは、ほかの女の子と済ませているみたいだった）。私たちは、言葉の壁を乗り越えながら、自分たちの過去と未来を、話して、話して、話し続けた。

私と違って友達に事欠かない彼が、なんで英語の不自由な私とそんなに話したがってくれるのかはよくわからなかった。私が他にあまり友達がいないのを知っていて、私に話したことは漏《も》れない、と安心したのかもしれないし、私みたいな地味な女には他の女の子と違って気を遣わなくていいからかもしれない。あるいは、同情か、気まぐれか。

彼はたまに、何かを英語で言った後、それを中国語に直してもう一回言ってくれることがあった。第二外国語として勉強してはいたものの、教科書の最初の数ページ分の能力しかない中国語では、マイケルの言うことはほとんど、文章の中からわかる単語を見つける遊びのような感覚でしか理解できなかったけれど、彼の唇から発せられる音楽のような言葉は聞くたびにうっとりした。それまで中国語というのは、普通に喋っていても怒ったように聞こえる言語だと思っていたのに、柔らかく発音すると、色気をたっぷりとふくんだ、まろみのある言葉なのだということがわかった。彼が教えてくれた中国語の曲もいくつか覚えた。

仲が深まるにつれ、彼は秘密めいたことを打ち明けてくれるようになった。

「ニューヨークの九・一一のテロは仕組まれていたんだ。僕はあの事件が起こる前に、ああいうことが起こると、いろんな形で知らされていた」

「香港を留学先に選んだ理由は、これから先の五十年は東洋の時代だからなんだ。世界は五十年サイクルで、東洋の時代と西洋の時代が巡《めぐ》っているんだよ。僕はたまたま両方のアイデンティティーを持っているから、東洋と西洋の懸け橋になるような仕事をしたいと思っている。生まれた時から使命を背負っているんだ」

「これから世界にいろんな悪いことがあると思うけど、君は、僕といる間は大丈夫だから。安心してね、サホ」

サホ――マイケルが発音する私の名前は、saho ではなくて、safo に聞こえた。自分の名前がこんな風に優しく響くんだ、ということの新しさに、私は浮かれた。

不思議な話は、だんだんと頻度が多くなっていった。冷静に考えると小学生のつく嘘のような話でも、彼の口からだと、彼だけが知っている特別な話のように思えた。

テロは仕組まれていた、と言われればそうなんだろうなと思ったし、マイケルといる間はいろんなことを心配しなくていいというのも、彼がそう言うなら安心しておこう、くらいにしか受け止めなかった。彼はやたらと世界の崩壊について語りたがったし、そのくせ私以外にはそういう話はしないみたいだった。

一年の留学期間の間に、どれほどの時間を一緒に過ごしただろう。日本の大学とは比べ物にならないくらいの膨大な宿題やレポートの合間に、睡眠時間を削ってでも、私はマイケルに会っていた。

電話番号を知っている他の三人の友達……ホンともアダムともリリーとも、深い付き合いにならなかったのは、私がすべての時間をマイケルに注いだせいだ。

大学で教わったことは、実はもうほとんど覚えていない。成績は特別よくもなく、悪くもなかった。どちらにせよ交換留学中の成績は、日本での大学の成績に影響しないし、落第したって、日本の大学で留年するわけでもないので、ほどほどに手を抜きながらやるくらいでちょうどよかった。むしろ私は、勉強しすぎてしまったかもしれない。もう少し手を抜いていれば、マイケルともっともっと楽しい時間を過ごせたのに。今となっては、勉強したことも、マイケルといた記憶も、どちらも同じくらいおぼろげなのだから、どうせなら、あの時の私にとって楽しいほうを選べばよかった。

マイケルも私も、ちょうど一年後の帰国が決まっていたから、別れが近づくにつれて、すごくつらかったのだけれど、マイケルはどこかのほほんとしていた。そのことをなじることができるほど私は強くなかった。自分の存在が、マイケルの心に食い込んでいないという事実には打ちのめされたけれど、それは私が暴れようが泣こうが、変わらなかった。

帰国の便に乗るため、空港までのタクシーを拾った私を彼は見送ってくれた。空港まで行くとは言わないのが彼らしかった。

「帰国したらもう二度と会えないの？」と涙ぐむ私を優しくハグしてくれたマイケルは「ダイジョウブ」と日本語で言った。それは彼の三大日本語レパートリー「アリガトウ」「ダイジョウブ」「ゴメンネ」のうちの一つだった。

「ユー・キュート・ジャパニーズ・ガール・ドンウォーリー」

泣きながら、うんとうなずく私に「ウィール・シー・イーチアザー・スーン」と言ってくれた。

きっとすぐに会えるから。

「ビフォー・ザ・ワールドエンズ」

世界が終わる前に。

バイバイとお互いの手と手を合わせた後、私はタクシーに乗った。その瞬間、耳元で「世界が終わる前に、君だけは救いにいくからね」とささやかれた。こっそりと私だけにわかるように、でもはっきりと。よくわからないけど、それを信じようと思ったら涙が止まった。マイケルは車が見えなくなるまで、ずっと手を振り続けてくれていた。

それが、彼が私にくれた最後の言葉だった。香港を去ってから彼に会うことは一度もなかった。一応、日本で使う電話番号は教えたけれど、彼はかけてこなかった。

最初はそれが大きな裏切りに感じられたものの、そのうち、就活や卒論やバイトで忙しくなり、彼氏のような人もまたできたから、時が経《た》つにつれ、彼とのことはいい思い出だと思えるようになった。新しい彼氏は私と同じようにどちらかというと日陰に生きるタイプだったけど、そのほうが私には合っている気がして、自然に振る舞えた。その彼氏とも卒業前に別れて、以後も数人と付き合ったり別れたりした。

気が付けば、留学を終えて、もう十年が経とうとしている。英語の不自由な「キュート・ジャパニーズ・ガール」だった私は会社員を経《へ》て独り立ちし、もう「ガール」

とは到底呼べない年になった。普通の日本人より話せるにもかかわらず、そのせいでむしろ、コンプレックスに感じていた英語を人生から潔《いさぎよ》く捨て、日本語で文章を書く仕事についている。たまに、雑誌やテレビにも出る。今も昔と変わらず孤独だけれど、はた目にはそう見えていないはずだ。大人になるにつれ、私だけだと思っていた孤独は、誰もが抱える種類の感情だと知った。孤独じゃないふりをするのがうまい人と、そうでない人がいるだけだ。

数年前——私が独立するちょっと前だ——に、彼とはフェイスブックでつながった。

「もうすぐ地球が滅亡するよ。君だけに言うけれど、この間日本に起きた大地震は、僕が起こしたんだ」

「もうすぐ世界のあちこちでこういうことが起こる。それを阻止できるのは僕だけなんだけど、アメリカ政府は僕を危険人物とみなしている」

「これは戦争だ。これから起こることは戦争なんだ」

——「友達」になった瞬間から、数ヵ月ごとに物騒なメッセージをもらったものの、なんて返していいかわからずに、読んだまま放っておいた。

ある日、彼からのメッセージをあけたら、彼の親の代筆で、マイケルは深刻な精神の病気で療養中で、これまでのメッセージに対してお詫びすると書いてあった。その数日後に彼のフェイスブックのアカウントは消去された。なぜか「もしかしたら、彼は私を迎えに来るのかも」と思ったけれど、そんな気配もないまま、気が付けばまた数年が過ぎている。大げさに悲しむには空白の時間が多すぎたし、怒りたいほど実害はなく、真実を追究できるほど、私は彼の周囲の人たちと親しくなかった。今となっては彼自身と親しかったと言っていいのかもよくわからない。

彼を救いたいという思いも不思議なほど湧《わ》かない。十年も疎遠だった人の人生に、また関わりにいくほど、今の私は暇ではない。

そもそも、「救う」なんて傲慢だと思う。彼は今、彼の住む世界では幸せかもしれないから。精神を病むことは不幸せに思われがちだけれど、それは周りからの見え方であって、本人にとってつらいかどうかは、本人しかわからないことだ。私の孤独が私だけのものであるように、彼の感情は彼の持ち物だ。

どこからどこまでが本当で、どこからどこまでが虚構なんだろうか。私は今になって、全部が夢のような気がしている。彼の存在も、私が香港にいたことも、二人が出会ったことも。

そして、彼が見ている虚構の世界も、今自分がいる現実世界も、そんなには変わらないと思う。今私が見ている世界は、私が作り上げた私の世界なのだし、彼が見ていた世界は、彼の頭の中に確かにあった世界だ。うすい膜を隔《へだ》てて、きっとどちらの世界も隣同士に存在しているんだろう。

確かなことは、彼の人生の一番きらめいている時期に、私が居合わせたということ。彼は、彼の世界に引きこもる前に、私にたくさんのものを見せてくれたし、教えてくれた。そのことに感謝したいし、ちゃんと覚えておきたいから、こうやって書き残してみた。

いつかそのうち、私も私だけの世界に閉じこもってしまうかもしれないから、その前に。

妖精がいた夜

人生のどん底というのは、突然始まる。

三年付き合った遠距離恋愛中の彼氏に「職場で好きな子が出来た」とラインで別れを告げられるなんて、私の人生の筋書きにはまるでなかった。

彼は人生で初めて結婚したいと思った相手だった。彼だって私と同じ気持ちを同じくらい持っていると信じていたし、疑ったことも一度だってなかった。

すぐに電話をして、別れるなんてありえないと泣きじゃくったら「俺も何度も考えたけど、ごめん、嘘はつけないんだ」と向こうも泣いた。そして「これ以上泣かれたら真美《まみ》のこと嫌いになっちゃうから、まだ好きなまま別れさせて」と泣きながら言われたのだ。なんてずるい男だろう。まだ好きなら、別れなければいいじゃないか。近所迷惑もかまわず、私は心の中から湧き上がる感情を全て声と涙に変えたが、彼は黙り込んでしまった。隣の部屋どころか、東京中に、そして東京を超えて、彼のところまでこの泣き声が届けばどんなにいいか。

　でも、人の気持ちはどんなに泣いても喚《わめ》いても変わらない。彼の無言は、自分の意志ではどうにもならないものが目の前に立ちはだかっていることを私に悟らせた。手足から力が抜けた私はベッドにゴロリと倒れるように横たわったけれど、暗い部屋の中で、頭は冴え冴えとしていた。つい最近、彼と映画を一緒に観た時、「泣き方が可愛いよね」と言われたのを思い出した。あなたが好きだと言った可愛い泣き方でこんなに泣いても、心が動かないなんて、一体どうしたことだろう。この間までのあなたはどこに行っちゃったんだろう。何年も一緒に過ごしたはずの電話の相手が、まるで知らない誰かに思えた。

　二時間後、諦《あきら》めて電話を切ったら涙がやんだ。彼氏に罪悪感を植え付けるためのあてつけの涙だったのだという気持ちと、限界まで涙が出て涸《か》れ果てたのだ、という気持ちが同時に湧く。感情と理性はいつも紙一重で、私は、本当の自分がどちらを軸《じく》に動いているのか、いまだによくわからない。

　他人から見た私は、以前と何も変わらなかっただろう。だけど、私の日々はまるで変わってしまった。その日から、私の目はただの風景を映す鏡、体はただの物体になった。目の前で起きることは全て心の中に入ってくる前に、線香花火の最後の一筋みたいにしゅんと消えてしまう。

彼と別れてからは毎晩、ふとした時に彼が言ったことや彼の仕草が頭の中によみがえった。部屋のすみずみにまでまんべんなく、彼の残していったものがある。

貸してくれた詩集が本棚にあるし、キッチンには、二ヵ月前に一緒に京都旅行に行った時のご当地ラーメンが未開封のまま残っている。旅行のことを忘れた頃に、一緒に食べようねと言っていたのに。京都駅からその日の宿までのルートの全てを、まだ鮮《あざ》やかに思い出せる。

もともと家事は好きではなかったけれど、彼が部屋にくることを掃除のきっかけにしていた私は、部屋を片付ける理由さえ失ってしまった。気づいたら、部屋は見たことがないくらい散らかっている。

デスクの上には本やノートや郵便物が小さな山を作っていたし、ゴミ箱は溢《あふ》れっぱなし。でも、その小さな混乱した空間が、今の私にはお似合いな気もした。

ふられた翌日から、夜にベッドに横たわると涙が止まらなくなった。彼氏は今頃、新しく出来た恋人と楽しく過ごしているのだろうか。物と思い出がぎゅうぎゅうに詰まった部屋で私が圧迫死しそうな時に、彼は、新しい部屋に真新しい思い出をひとつひとつ積み上げているのだと思ったら、息が苦しく、頰《ほお》が熱く、指が冷たくなる。泣きながら、気づいたら朝を迎える日が続いた。

私はかろうじて生きていたけど、ただ生きているだけだった。心はまるで、二週間水をやっていない部屋のパキラと同じ状態だ。原形を保ってはいるものの、表面はぱさぱさとして、中はカサカサだ。

そんなふうに中身がボロボロでも、肉体はなぜか正常に稼働するので、私は自分がただの動物であることを自覚した。心は機能していなくても、今まで通り機械的に会社に行き、仕事をすることは出来るのだ。感情を排除したほうが、仕事はむしろ楽に出来るとさえ思った。私の仕事はウェブデザイナーで、デザイナーというとクリエイティブな仕事だと思ってくれる人が多いけれど、実際は、自分で一から何かを作るというより、決まった型に決まったピースをはめていくような仕事が多かった。誰か偉い人たちが決めたデザインの通りに、あっちに文字を入れたり、こっちに色をつけたり、すでに入っているイラストに影をつけたり、位置を多少動かしたり。新しい提案やセンスは必要とされていないので、無心になろうと思えばいくらだってなれた。例えば、赤よりも黄色のほうが映《は》えると思っても、それを提案することは、部署間や会社間での摩《ま》擦《さつ》を生むだけだとこの会社に入った時に教えられた。だから感情は邪魔《じゃま》で、とにかく手を動かせば仕事はこなせるのだった。

このまま心と共に体もゆるやかに死んで行けたらどんなに楽だろうと思ってはみるものの、実際に自分がそれを実行に移さないことはわかっていた。死ぬのって、結構エネルギーがいるように思えたのだ。自分を殺すということ以外にも相応の準備が必要だ。家族への手紙。資産と言えるほどの額もないけれど、これまで働いてきたことの証である数百万円の貯金や思い出の整理。そんな最低限のことだけでも気が遠くなりそうだ。

死ぬ方法もいろいろあるのだから、どれかを選ばなくちゃいけない。首を吊《つ》るには丈夫な縄《なわ》がいるし、しっかりしたフックみたいなものがなくちゃいけないだろうけど、家にそんなものはない。縄のくくり方だってわからない。

練炭《れんたん》はどうだろう。そもそも買い方がわからないので、試しに「練炭」と検索したら、一番上に出てきたのは、心の健康相談みたいな場所の電話番号で、後ろめたい気持ちになった。自分で自分を殺すことは、考えるだけで罪だと言われているようだ。

私が死んだら周りの人は、私のことを「自殺なんかするような人だったのか」と責めたり、憐《あわ》れんだりするだろうか。自分とは違う種類の人間が、近くに紛《まぎ》れ込んでいたことに驚いたりするんだろうか。「そんなことする人には見えなかったのに」と。

きっと家族や友人にはたくさんの迷惑をかけてしまう。醜《みにく》い死に様が、大切な人たちの、私の最後の思い出になってしまうこともありうる。それは嫌だから、誰も傷つけず誰にも咎められず、苦しくもない方法で死にたい。そんな風にぐるぐると考えていると、良い方法なんてなくって、やっぱり私、死にたくないんだ、という結論にぶつかる。死にたいというよりは、消えたいに近いんだと思う。ロウソクが風に吹き消されるように、ふっと音もなくこの世から自然にいなくなって、悲しみや痛みのない場所に行きたい。

ところが翌週の月曜日、会社に行ったら、死んでいたのは私ではなく、職場の鈴木《すずき》先輩だった。

先輩は斜め前の席で、私と全く同じ仕事についていたのだけど、金曜日は会社を休んでいた。月曜恒例の朝礼で、取締役から先輩の死が知らされた。自殺だった。

鈴木先輩とは、休日に会うほど仲が良かったわけではないけれど、一緒に夜遅くまで残っていることも多かったから、たまに残業後に飲みに行って、酒の肴《さかな》としてお互いの恋愛事情を交換する程度には距離が近くて、仕事でも何度も一緒にチームを組んだ。鈴木先輩は私よりデザインスキルが高く、仕事ができる人だった。それ故《ゆえ》に、クライアントの出してくるデザインに対しても不満や提案が多くて、自分を殺して仕事をすることが多そうだった。こだわりを捨てて仕事をするのは、時にはこだわりを通すよりも何倍も難しい。

自殺の明確な理由はわからないけど、一緒に飲んだ時に何度か「死にたい」と言うのは聞いたことがあった。

「痛くもなく、怖くもないならいつでも死んでいいんだよね、俺は」と言いながら、シャンディガフを飲むさまは、言葉に表しがたい色気があった。整いすぎていて隙《すき》がない鈴木先輩の顔は、私の好みではなかったけれど、それでも一緒に飲んでいると、「この人といっぺんくらい寝てもいいかもな」と思うことがあった。

お酒を飲むと、さみしくなったり、思ってもいないことをうっかり口走る人がいる。「死んでもいい」なんて言っている鈴木先輩も、そういう種類の人なんだなと、軽く受け止めていたけれど、あの時の言葉は心の底から出たものだったのだと思うと、先輩を励ますような言葉を何も言わなかったことが悔やまれた。その時、久々に「悔やむ」という気持ちが湧いて、私は自分の感情の扉が再び開いたことを知った。

何人かの女子社員は自殺と聞いてショックを受けて、ボロボロと涙を流して泣いていたけれど、私は涙なんて出なかった。普段そんなに密にコミュニケーションをとっているわけでもないのに、こういう時だけ顔を歪《ゆが》めて、なんの気兼ねもなく関係者ヅラが出来る同僚の涙に苛立った。なんて安い涙だろう。そんな涙では先輩の死が穢《けが》れる。「傷つきやすい私」のアピールのために、先輩の死を利用しないでほしい。

　私は「苛立つ」という感情も久しぶりに嚙みしめた。私だって先輩の死を利用して自分の感情を解放しているではないか。自分にも周りにもただムカムカとしていた。そしてムカつける程度にしか、私はまだ先輩の死を受け入れていなかった。あの穏《おだ》やかな人が、自分で自分を殺すほどの行動力を持っていたとは信じられなかったのだ。先輩に聞いてみたかった。死ぬって結構大変ですか、と。まだ先輩はすぐ近くにいるのではないだろうか。

　朝礼の後、さっきまで大げさに泣いていた女子たちはみんな、何食わぬ顔で電話に出たり、メールを返したりして、日常に戻っている。人一人の人生が終わったのに、なんて薄情なんだろう。そういう私もやりかけのデザインを仕上げるためにパソコンを立ち上げたら、あとは何も考えずに手を動かすだけのマシンになった。鈴木先輩がいた時と同じ一日が、鈴木先輩がいないまま平和に終わっていった。

　夜、家に帰ると、今朝部屋に置いて出て行った思考が一斉に私を包み、息苦しくなった。彼氏は私の日常から出て行ったし、鈴木先輩はこの世界から出て行ったし、私は一体どこへ出て行けばいいんだろう？　私がいるべき場所はここではなく、私もどこかに出かけて行かなくてはいけない気になった。私の部屋はここだというのに。

　その日から、夜ベッドに入って、目をつむるのが怖くなった。横たわってから毎晩、外が明るくなるまで眠れなくて、明け方に少しうとうとしたと思ったら、すでに起きる時間になっている。起きたら起きたで私は、私が私なことにうんざりした。そんな折、大学時代の友人の葉月《はづき》が、久々に飲みに誘ってくれた。

「眠れないって言ってたけど、大丈夫？　ちょっとやつれたね」

　心配してくれる葉月に、彼氏と別れたことを打ち明けた。

「葉月には、会わせたことなかったね。彼は名古屋に住んでいて、忙しい人だったけど、一ヵ月に一回、必ずうちに泊まりにきてくれた。今年に入ってから一ヵ月に一回が二ヵ月に一回になることもあったけど、必ず毎朝晩、おはようとおやすみって連絡をくれて。夜はタイミングが合えば、必ず電話してた。くだらない、毎日流れていってしまうようなお喋りが、今となっては、すごく愛《いと》おしい時間に思えて。朝起きてもおはようって言う人がいなくて、おやすみも誰にも言えないせいか、しばらく眠れなかったの」

私は彼との別れを、まるで出来上がったウェブ画面をクライアントに説明するみたいに、淡々と喋れることに驚いていた。もう少し詰まるかと思ったのに、私の言葉はまるで用意されていたかのように整理されていた。

葉月は黙って聞いていた。

「彼の親にも一度会いに行って、私の親にも会ってもらったことがあって。もう決まっている未来だと思っていたものが、消えてしまったことがすごく悲しい」

喋っているうちにまた涙が出てきた。泣いている女子社員にあんなに苛立っていたくせに、涙は涙を呼び、頬が濡れ、首には小さな筋が出来た。いくら友達とはいえ、人前で、そして公共の場でこんなに感情を吐き出して泣きじゃくるなんて、本当に本当に、ださくて最低だ。葉月は、途中まで黙って背中をなでてくれていたけど、ある瞬間、何かを決意したように、「真美、ねえ、妖精って知ってる?」と言った。

「妖精って妖精だよね? わかるよ」

「家に呼んだことはある?」

全く意味がわからないので鼻をぐずぐずとかみながら詳細を聞くと、心が傷ついている人のために、「妖精」を派遣してくれるサービスがあるということだった。葉月は一年前、仕事で大きな失敗をして気分がひどく落ち込んだ時に、知り合いの紹介でその妖精派遣サービスを使ったことがあるらしい。

「完全紹介制で、知り合いがいないと使えないサービスなの。だからホームページも何もない。でも私、妖精の『親』の人のライン、知ってるから。ちょっと真美のこと聞いてみるね」

そう言って、葉月はその場で、妖精を束ねている『親』のユーリさんに連絡をしてくれた。身分証明書を持っているか聞かれ、財布の中から保険証を出したら、すかさず葉月が写真を撮った。数分後、「派遣してくれるって。真美、いつがいい？　翌日に寝坊できる日がいいよ」と言われた。一体妖精は何をしてくれるのかと葉月に聞いたけれど、私の時と違うかもしれないし、来たらわかることだから、と詳しいことは何も教えてもらえなかった。

それが水曜日のことで、その夜も木曜も相変わらずほとんど眠れなかった。

金曜日の夜は急いで仕事を片付けていつもより早く会社を出て、部屋で妖精を待った。彼氏以外の人が家に来るのなんて久しぶりで、それだけで緊張する。ふられて以来、初めて掃除をした。部屋の中には私の髪の毛が、まるで私が生きている証拠みたいに散らばっていて嫌だった。私は、自分の生を日々知らず知らずのうちにあちこちに振りまいているのだ。それはすごく罪深くあさましいことだと思いながら、クイックルワイパーを部屋中にかけて、取り切れなかった髪の毛の残りを指ですくった。たまっていたチラシを捨て、本やノートを本棚の所定の位置に片付ける。それだけで部屋は見違えるようにキレイになった。

壁に無造作にマスキングテープで貼ってあった、イラストのプリントアウトも外した。ネットサーフィン中に見つけた柔らかい色彩の花の絵は、誰のどういう絵かもわからなかったけれど、部屋の空気を柔らかく見せてくれるように思えて、飾っていた。でも、こんなプリントアウトしただけの紙を、赤の他人に見られるのは恥ずかしい。

トイレの掃除もいつもより念入りにした。どういう人が来るにせよ、だらしない女だとは思われたくない。こんなに投げやりな私にも見栄というものがまだ残っているらしい。使い捨てのペーパーで念入りに便器を磨《みが》き、トイレットペーパーの端《はし》っこをピタッと三角に折り揃《そろ》えた。

彼が家に来るときもこうやって、落ち着かない気持ちを抱えながら掃除をしていたことを思い出す。

初めて東京の家に来てくれた日の彼の緊張した笑顔。「名古屋土産《みやげ》っていっても、ういろう持ってきてもしょうがないしさ」と言いながら渡してくれたかりんとうを、私がお茶をいれる前に開けて一人でガリガリと食べていた。

彼が家に帰る時、新幹線のホームまで送ると私が言っても、日曜なんだからゆっくり休んで、と優しくとどめてくれた。帰宅したら「今日はありがとう、おやすみ」といつも必ずラインを送ってくれた。思い出すのは楽しくて幸せなことばかりなのに、何が足りなくて、何が悪かったんだろう。


指定した時間ぴったりに、妖精は来た。黒髪をおかっぱのように整えていて、黒目が大きな女の子だった。腕と足はまっすぐで、全体的に骨が細そうだ。そして、白いコートに、白いワンピース。雪の国から来たみたいだった。

「こんにちは、真美さん。私、まずは部屋着に着替えてもいいですか？」

彼女は、まるで勝手を知っているかのように、バスルームにまっすぐに入り、さらっと、白いもこもこしたルームウェアに着替えた。ひざ丈《たけ》のスカートから、細くて白い足が頼りなげに生えている。

私は、葉月からあらかじめ送られていた、妖精と接するときの注意点を頭の中で思い出していた。性的な行為の禁止。「妖精」という設定を崩《くず》すような質問の禁止。個人情報交換の禁止。

しかし、個人情報というのは、どこまでを言うんだろうか。名前や出身地を聞くのはありなんだろうか。素性《すじょう》を聞くこと以外で、知らない人との会話の糸口なんて摑めやしない。

私が固まっているのを見て、妖精は「私のことは、フェアリーって呼んでください」と自分から喋りだした。フェアリーだなんてばかばかしいと思ったけれど、そのばかばかしさをわざわざ安くないお金を出してまで買ったのは自分だ。同じお金で、マッサージやエステにだって行けたはず。

「あの、私、こういうのは初めてなんですけど、何をしたらいいですか？」

「真美さんはお腹《なか》は減っていますか？」

「あ、はい……減っているような……食べなくてもいいような……そんな感じです」

「じゃ、キッチンを貸してください。冷蔵庫、見てもいいですか」

冷蔵庫を見られるとは思っていなかったから、片付けていなかった。見られたら恥ずかしいようなものは入っていただろうかと不安になる。来る前はなんのイメージも持っていなかったけれど、フェアリーは思いのほか若く、あまりに乱れた私生活を年下に見られたくないと動揺した。

栄養ドリンク。冷凍した食パン。イチゴジャム。キムチ。梅干し。

生鮮食品がほとんど無いことが、そのまま自分の心の余裕のなさに思えた。何か言い訳をしたかったけれど、フェアリーは何も気にしていない様子だ。

「必要なものは、持ってきているので」

冷蔵庫の扉を閉めると、フェアリーはバッグの中から、保冷バッグを取り出し、中身をキッチンに並べていった。ついでにiPhoneと、持ち歩き用のスピーカーまで取り出して「音楽でも聞いていてください」と言った。部屋の中に、カフェのBGMのような音楽が流れ始める。音楽が流れると部屋の中の空気も動いた気がした。

「必要なものはあらかじめ、刻んでタッパーにいれてるんです。ほら」

歯を見せずに小さく笑いながら、見せてくれたタッパーの中には、ニンジンや大根など、野菜がたくさん入っていた。そういえば、手間がかかるからと、いつも家で自《じ》炊《すい》をする時に、根菜は避《さ》けていたことに気づく。

フェアリーは、慣れた手つきで包丁、まな板、お鍋を探し出し、やがてコトコトと何かを煮始めた。

「普段、家では何をどんな風に食べてますか？」

「スマホで映画とか見ながら、適当に……残り物とか、買ったものとか食べてます」

「そうですか。映画は、良くないですね。そっちに意識が持っていかれちゃいますよ。音楽はいいです。ゆったりした気持ちにしてくれるし、五感を開いてくれますから」

まるでお母さんのようなことを言う。

ほどなくして、家じゅうがあたたかい香りで包まれた。懐かしい記憶をひきだすような香り。これは……。

「チキンとたっぷりのお野菜で作ったスープです。胃に優しいし、食欲が無くても食べられます。栄養もあります。あったかいものは、腸を元気にもしてくれます。ショウガをいれたので、食べるとお腹の中から、あたたかくなりますよ。ここに座って食べてください」

言われた通りテーブルにつくと、フェアリーは一つ余計にスープ皿を持ってきた。

「私も一緒に食べさせていただきますね」

出会ったばかりの相手と一緒に食べるのは、落ち着かないような気もしたけれど、同じ空間にいて私だけが食べるのも、それはそれで落ち着かないだろう。

「いつもはどんなことを話してるんですか？　こういう時」

「いろんなことですよ。何か真美さんは話したいことはありますか？」

私が黙ると、「無理に話さなくてもいいです」と言われた。

カチャリという音とともに、瓶《びん》に入った塩がテーブルに置かれる。

「ゆっくり味わって食べましょう。味の濃い、いいお野菜をたくさん使いました。味付けは塩と胡椒《こしょう》だけです。もし味が足りなかったらこのピンクのお塩、足してくださ い。ヒマラヤのお塩です」

私たちはむかいあって、スープをゆっくりゆっくり食べた。スープをすする音と、カチャカチャという音と音楽が混じって、部屋の中をあたたかさで満たしていく。

心地いいとは思えなかったが、自分の中で何かが整っていくような感覚があった。たぶん、人とごはんを食べるって、ただの栄養摂取以上の効果があるのだと思う。

フェアリーは、私より少し早く食べ終わって、さっとお皿を洗い場に持っていったかと思うと、お湯を沸《わ》かして、いい香りのお茶をいれてくれた。甘いお花と果実のふんわりした香りがするお茶だ。さっきまでスープの匂いで満ちていた部屋の中がゆっくりと紅茶の香りに塗り替えられていく。香りというのが、世界にはあったんだなあ、と何かを取り戻したような気になる。

紅茶の名前を聞くと、紅茶専門店で特別にブレンドしているお茶で、「マルコポーロ」という名前だと教えてくれた。

「このお茶を飲んでいると、旅に行って、帰ってきた気分になるんです」

「フェアリーさんはよく旅をするんですか？」

「そうですね。心はいつも旅しています」

「そうですか。旅先でふいに悲しくなったりしませんか？」

「悲しくというのは？」

「遠くに来てしまったなあ、みたいに切なくなることってないですか？　私は、よくあるんです。そういうことが」

「確かに悲しくもなりますね。でも悲しいと、家に帰った時の喜びが濃くなりますから」マグが目の前に置かれ、あかがね色の液体の表面が細かく揺れる。

「私はストレートが好きですけど、真美さんは、ミルクやお砂糖はいれますか？」

「あ、ミルク、うちにはないかもしれません」

「持ってきています。お砂糖は白砂糖も黒砂糖もあります」

「じゃあ、ミルクを少しだけ、お願いします」

「ミルクをいれるなら、白砂糖も少しいれましょう。ミネラルは黒砂糖のほうがあるんですけど、独特の風味がありますからね。紅茶の味わいを楽しんでもらうには、白砂糖のほうがいいかもしれません」

わざわざ温めたミルクを少し混ぜたお茶は、甘く、こっくりとしていて、飲むと舌全体があたたかくなった。

「美味《お》しい……」と思わずつぶやくと、フェアリーは「砂糖は心の栄養です」と笑った。

「甘いものは、心を柔らかくしてくれますから。お風呂、いれてきますね」

フェアリーはバッグを持って、また、バスルームにいった。ざあざあとシャワーの流れる音。その後に、お湯がたまる音が聞こえてきた。

私、お世話してもらってるんだなと、ちょっとおかしくなる。年下の子にごはん作って食べさせてもらって、お風呂用意してもらって。

「入浴剤、お好みのものを選んでください」と言われて、いくつか差し出された中から、ローズの入浴剤を選ぶ。花びらを湯船に溶かすタイプのものだ。

「これは、いいチョイスだと思います。自分は価値ある女だと思わせてくれる香りです」

価値ある女という表現が面白くて、笑ってしまった。正確には口元の筋肉がゆるんだだけだけど、笑いながら、心の底のほうで、私の中にいる別の私が「あ、私、笑えた」と思った。

フェアリーは静かにテーブルの上を片付けて、お皿を洗った。

やがてお湯がたまり、フェアリーが「お風呂、ぜひ」と言うので、入ることにした。うちにはない、ふかふかのタオルを渡されたので、思わず顔をうずめる。ふわりと頬に柔らかい肌触りがあり、自動的に目をつむる。洗剤の残り香が優しい。

バラの香りでいっぱいのお風呂は、体の隅々まで血を通してくれて、五感がめいっぱい満たされていく。

お風呂を上がると、「早いですけど、もう寝ましょう」と言われた。時計を見ると、まだ二十二時。下手すれば会社にいる時間だ。

「まだ、だいぶ早くないですか？」

「心の回復には、まず体の回復です。眠らなくてもいいです。横になるだけでも」

フェアリーはどうするのかと観察していると、自分も靴下を履いて、寝る支度《したく》をしている。

「私も一緒に寝ます。眠れなければ、お話ししましょう」

こうきっぱり言われてしまうと、なすすべもない。

ごはんとお風呂の後は寝かしつけられるのか。まるで子供みたい。

それにしても、あとは寝るだけというならベビーシッターと変わらない。葉月は一体、この妖精のサービスの何がそんなに良かったんだろう。そりゃ、ごはんもお風呂の準備も嬉しい。けれど、お金を払っているはずの私のほうが気を遣っている気もするし、特別な感じがしない。

ベッドサイドのライトだけを点灯すると、うす暗がりに、フェアリーの顔がぼんやりと浮かぶ。

少しだけベッドの奥のほうにずれると、フェアリーがするりと横に滑《すべ》り込んできた。フェアリーの部屋着のもこもこした部分が腕をくすぐる。どこを向いていいのかわからず、フェアリーのほうにいったん顔を向けると、目があって、ニコッと笑いかけられた。

元彼は誰かと一緒に寝ることが苦手で、同じベッドで寝る時は、最大限私から距離を取っていた。それは習慣的なもので、私への愛情とは何の関係もないとわかっていても、突き放された感じがしていたのは事実だ。夜ふと目が覚めた時、彼はいつも数センチ先で、私に背を向けて寝ていた。

だから、息がかかるくらい近くに寄ってきてくれたフェアリーを見て、何かを許されている気がした。

フェアリーがライトを消して、あたりは真っ暗になり、私たちはお互いに気配だけになった。都会の夜は騒がしいはずなのに、耳に入ってくるのは加湿器の動くかすかな音だけで、外の世界も、部屋の中も、心も、全部一体になった気持ちがした。

そして、気づいたら、私は私の中にためていたことを話し始めていた。

「会社で一緒に仕事してた先輩が、死んじゃったんです。すごく仲が良いわけじゃなかったけど、毎日必ず顔を合わせていた先輩。自殺だって聞いて、私、もっと先輩と喋りたかったなって思ったんです。ささいなことでもいいからもっと喋っていたら、こんなに悲しくなかったかもしれません」

考える時にペンをふりまわす癖《くせ》。細い指。しなやかな筋肉がついた長い腕。「真美ちゃん」と私を呼ぶときのクシャッとなった笑顔。真面目で、静かで、すごく仕事が出来るわけではないけれど、丁寧なメールを書く人だった。

「真美ちゃん、この仕事してるとさ、自分が毎日薄くなっていく感じがしない？」

鈴木先輩が会社を休む三日前、いつものように残業していると、話しかけられた。先輩は、廊下の自動販売機で自分のコーヒーを買ったついでに私にも、一本買ってきてくれていて、まだ熱々のそれを、コトンとデスクに置いてくれた。

「人間って生きるためには心だけでも体だけでもなくて、どちらも適度に動かさないと、どんどんダメになっていくと思うんだけどさ」

先輩は、私の反応を気にせずに、缶コーヒーのプルタブをプシュリとかすかな音を立てて開け、でも口はつけずに飲み口をみつめていた。

「俺、仕事してる時、自分が人間であることを忘れるよ。ロボットか何かになった気がする。それで帰り道に、ああ、今日は一回も心を使わなかったな、って思って、ちょっとさみしくなるんだけど」

先輩がそこで言葉を区切ったのは、たぶん、言葉がうまく出てこなかったからだと思う。

朝から、あんまり誰とも喋っていないんだろう。私にも、たまにそういう日がある。喋らなすぎて、うまく咽喉《のど》や口が動かない時や、自分の心の中に確かに宿っている何かをうまく表現する言葉が見当たらない時が。

先輩は、そこでようやく、手に持っていたことを思い出したかのように、コーヒーを一口飲んだ。

「さみしくなるんだけど、さみしいっていう感情があるってことは、俺、まだ人間なんだな、って思うの」

私は私で、その日は朝からロボット状態だったので、うまく言葉をみつけることが出来ず、かろうじて「コーヒー、私の分までありがとうございます」と言った。

うん、もうちょっとしたら俺は帰るわ、おつかれ、と先輩は言って、自分の席に座った。何か声をかけなくてはと思ったけれど、先輩は素早くイヤフォンを耳にいれて、もう仕事を再開していた。私もモニターに目を戻し、せっかくもらったコーヒーを飲んだ。わずかなこうばしい香りと共にしびれるような苦みが舌に広がった。

あの時先輩の感じていた「自分が毎日薄くなっていく感じ」について、もっと先輩とじっくり話してみたかった。少なくとも会社の中で、私だけは同じことを思っていたのだ。そしてそれは、他の誰とも話せないことだったかもしれない。

話していたら、先輩が死ぬのをもう少し先延ばしに出来たかもしれない。そうじゃなかったとしても、もっとあの人の心に入ってみたかった。心と心でつながってみたかった。そのチャンスはいくらだってあったはずなのに。

先輩のことばかり考えていたら、その辺にまだ先輩の魂《たましい》が浮いているような気がしてきて、どうかこの声が届きますように、と思いながら話した。

「私は、飲み会ではよくシャンディガフを頼むんですけど、それは、鈴木先輩の影響なんです。会社の飲み会で、私がビールは飲めないって言ったら、ビールとジンジャーエールを混ぜたのがシャンディガフだから、これなら飲めるでしょって頼んでくれて。もし飲めなかったら、後は俺が全部飲むからって言ってくれて。これ、今思い出したことなんですけど、これから外でシャンディガフを飲むたびに、鈴木先輩を思い出すことになると思ったら悲しい」

一口飲んで、美味しいと言った私に、先輩は「でしょ、俺もすごく好きでさ」と言ってくれた。以来、私のお気に入りにもなった。

先輩はなんてことをしてくれたんだろう。人に自分の好きなものを教えておいて、自分はその好きなものを捨てていなくなってしまって。

シャンディガフの他には何が好きだったんだろう。たとえば、好きなお酒のおつまみはなんだったんだろう。何度も一緒に飲み会に参加したくせに、覚えていないことのほうが多すぎる。家はどこなんだろう。実家はどこだったんだろう。死んでしまった時、一体誰が発見して、誰に連絡して、誰が会社に知らせたんだろう。

「知ろうと思えばいつでも知れると思っていたから、私、鈴木先輩と関わる機会を持たなかったんです。でも、今になってすごく後悔してます。なんでもっと知ろうとしなかったんだろう。なんでもっと話さなかったんだろう」

フェアリーは声を発しなかったけれど、ずっと私の腕をさすっていてくれた。

「大丈夫ですよ」

大丈夫ですよ、大丈夫です、と繰り返すフェアリーの声が耳の中に入っていく。暗い部屋の中に、飲み込まれそうな私の周りに、大丈夫です、という声の波が出来ていく。

大丈夫、って何が大丈夫なんだろう。全然大丈夫なんかじゃない。だけど、彼女の声にあたたかい気持ちがのっていることだけはわかり、その温度がとろりと心の中に流れ込んでくる。

あたたかい流れが私の体の中の何かに触れた時、ぼんやりと目に浮かぶ光景があった。

——褐色の肌の人の群れ。目に容赦なく入ってくる煙。何かを許すような優しさをたたえた牛の大きな目。日の光によって緑に見えたり茶色に見えたりする大きな川。耳をつきぬけるようなクラクション。この記憶は、生きることと死ぬことの距離がとても近い場所のものだ。

「そういえば、大学時代、私、インドに行ったことがあるんです。よくある自分探しの旅ってやつです。インドのバラナシにある、バックパッカー向けの『ホテル・アラビア』っていう名前の宿に泊まって、毎日なんとはなしにぶらぶらしていました。ネットカフェで何時間もネットサーフィンをしたり、チャイを飲んで宿の人とだらだら喋ったり、ガンジス川をぼけーっと眺めてみたり。起きてから寝るまで全く予定の無い日々を過ごしていました。それで、特に強く思い出に残っていることがあるわけじゃないんですけど、またいつかインドに行きたいって話を鈴木先輩にしたことがあるんです。そうしたら、先輩、俺も近くに行ったことがあるってびっくりしていて。大学時代に同じようにインドに行ったらしくて。それでホテル・アラビアと迷ったけど、値下げ交渉の末に結局ホテル・アラビアの二つ隣の宿に泊まったって言ってました。このこと、私が入社してすぐの時に飲み会で話したんですよね。それがきっかけでなんとなく、この人とは仲良くなれそうだ、なんて思っていたんですけど、なぜかさっきまですっかり忘れちゃってました。今頃突然思い出すなんて、どうなっちゃってるんだろう」

あの時見たガンジス川の朝焼けの色を、旅の最中はずっと覚えておこうと思って、何度も何度も目に焼き付けたのに、旅から帰ってきた途端《とたん》、忘れてしまったな。ホテル・アラビアで働いていた、まつ毛の長い青年の名前はなんだっけ。私が風邪をひいたときに必死で看病してくれた。毎日のように通った一番安いネットカフェの名前はなんだっけ。先輩もそこでメールを書いたり日本のニュースをチェックしたと言ってた気がする。全部確かに体験したことなのに、なんで思い出せることと思い出せないことがあるんだろう。あるいは、私の奥に記憶はしっかりと宿っていて、何かのきっかけで引きずり出されるのを待っているのかもしれない。鈴木先輩とインドのことでも話していたら、もっと思い出せたかもしれないな。

鈴木先輩が自分の背丈の半分ほどもある大きな旅行者用のバックパックを背負って、ガンジス川沿いを汗をたらしながら歩くところを想像した。

先輩の輪郭が私の心の中で、生きていた時よりもずっとくっきりと浮かび上がっている。あの人が必死に生きていたことにもっと早く気づいて、そのことについて一言でも言葉を交わすことが出来ていたらどんなによかっただろう。それはあの人だけでなく、私のことも救っただろう。

あの人が見たものや体験したことのいくつかは、私も見て体験したものだった。そんなに遠くない私たちだったのに。もっともっと、近くなれたのに。

涙がまつ毛の周りにたまってかゆい。ティッシュで鼻をかんで目をふいた。

「全部夢だったらいいのに」と言うと、フェアリーは「たぶん、全部夢ですよ」と言った。

「いつか全部夢になりますよ」

夢という単語はどこかまぶしくて、同時に消えそうなくらい儚《はかな》い気がした。

——目が覚めたのは八時だった。カーテンも窓も半分開いていて、街が起き始める気配が部屋の中にも流れ込んできた。久しぶりにぐっすりと眠ったみたいだ。

ふと部屋の中を見ると、横にいたはずのフェアリーはいない。机の上にはラップのかかったスープの残りとバゲットがあった。メモも置いてある。

「バゲットはトースターで少し焼いてください。スープは温めてください。冷蔵庫の中にバターがあります。お好みでバゲットにつけてください」

メモの裏には、文字が印刷されていた。

「妖精を呼んだことは誰にも喋らないこと。一度利用した人は、二度と利用は不可能。ただし、今後の人生で、妖精を召喚《しょうかん》してあげたい人が現れた場合、一度に限って紹介可能です」

そして妖精の『親』であるユーリさんの連絡先が書いてあった。

朝ごはんのスープを飲みながら、私は、昨日フェアリーが話していた「旅に行って、帰ってきた気分」というのはどういう気分かを考えていた。きっと、今の私の心境と似ているはずだ。

それは、夢から覚めたような気持ちで、でも確かに全てが現実にあったことだと自分だけが知っている気持ちだ。

「心はいつも旅しています」

窓から差し込む日の光がよりいっそう強くなった。

あなたの国のわたし

「ねえ、東横線、人身事故で一時間も遅れたらしいよ。やばいよね」

「それってすごく親近感を感じる！　昨日、用事があって武蔵小杉にいたの」

マリアは歯並びの綺麗《きれい》な口を縦に大きく開いて、驚いた顔を作った。

「マリア、この文脈で、『親近感』って単語は適切じゃないかもよ。雰囲気は伝わってくるけど」

「んー、じゃ、なんて単語に置き換えたらいい？　サキならなんて言う？」

質問を返されて、私はちょっと考え込んでしまった。

「うーん、『昨日武蔵小杉にいたから、他人事《ひとごと》とは思えない』とかかな？」

「他人事とは思えなく感じる？」

「思うと感じるは同じ意味だから『他人事とは思えない』だけで平気。もしくは『他人事とは感じられない』とか」

「オッケー！　ありがとう。メモしておく」

マリアはルーズリーフに、アルファベットをサラサラと書きつけ、矢印をひいて「ひとごととは思えない、思う＝感じる」と日本語を添えた。大教室には窓から青々しい風が吹き込んでいる。底のほうに夏を含んだ、春の匂い。

「マリアの次の教室は、どこ？」

「フラ語。A棟の１０２教室」

「私は国際政治学でB棟だわ。マリア一人で行けるね？」

「イエス！　頑張る」

「おっしゃ、頑張りな！」

「シーユーレーター（See you later）」

手を振りあって別れた。マリア、昼休みまでちゃんと乗り切れるかな。高いヒールで地面を踏みつけるように歩くマリアの後ろ姿を見送る。背は高いけれど、その後ろ姿は頼りなさと不安を背負っているように見える。右手にパソコンいりのバッグを持っているせいか、重みで右肩が下がり、背中がだいぶ斜《なな》めになっている。

マリアは大学に入って初めて出来た親友だ。マリアという名前から誤解されることもたまにあるけれど、彼女自身は純粋な日本人である。ただし、一歳から十八歳までをイギリスで過ごし、アイデンティティーは完全にイギリス人。つまり、外見は日本人、中身はイギリス人に近い。

出会いのきっかけは、テニサーの新入生歓迎飲み会だった。そのテニサーは、テニスではなく飲み会メインのただのチャラサーだということがわかったので結局入らなかったけれど、マリアと飲み会で隣同士になったことをきっかけにメアドを交換したら、翌日の必修科目の授業でまた偶然隣同士になり、それから、気づいたら毎日一緒にいる。私には兄弟はいないのだけれど、マリアのおかげで妹が出来たみたいで、大学がすごく楽しい。マリアは同い年だし背も私よりだいぶ高いから、妹扱いはおかしいかもしれない。けれどマリアを見ていると、なにもかもを丁寧に教えたくなってしまう。マリアも私を頼って、なんでも聞いてきてくれる。

「ねえねえサキ、衆愚政治の衆愚ってどういう状況で使う言葉？」

「うーん、政治学の授業以外では使わないんじゃないかな。王様が出てくる映画とかで出てくるかもしれないけど、そんなに正確に覚えなくていい言葉かも」

「オッケー、ありがとう。お馬鹿な一般ピープルによる政治って意味だよね？」

「うん。まあ、大体それでオッケー」

私が頷《うなず》くと、マリアは携帯のメモ欄に英文を打ち込んだ。わからなかった単語はノートに書いたり、携帯にメモしたりして、一日の終わりに見返すらしい。

マリアと出会った日のことはよく覚えている。飲み会の最中、次から次へと移り変わる会話に、うまく入れず居心地の悪そうな隣の席の女の子に、大縄跳びにいつまでも入っていけなかった小学生の時の自分が重なり、声をかけた。

「ね、あなた、政治学部だよね？　何語専攻？　クラスは？」

第一声が「Well…」だったことから、私は彼女のバックグラウンドが海外にあることを知った。私と同じ地味な日本人の女の子だと思い込んでいたので、ちょっとだけ戸惑う。けれど、よくよく目元を見ると、黒々としたアイラインが目尻からピンと目立つように入っていた。ナチュラルメイク好きな日本人女子大生は、こんなに濃くラインを引いたりはしない。大学っていろんな人がいるんだ、ということに小さく感動する。

「フランス語専攻です。三枝《さえぐさ》マリアって言います。R組です」

「フラ語かぁ。私はチャイ語。あ、中国語ね。敬語なんて使わなくていいよ。私も新入生なの。P組の前島《まえじま》サキって言います。よろしくね」

自分から友達を作るのは苦手だけれど、あまりにもマリアがおどおどしていたから、私から踏み込まなくちゃ、という気持ちが湧いた。部屋の真ん中で行われているコール合戦を、マリアは怯《おび》えるように見ていた。

「この、みんなが歌っている歌みたいなやつは何ですか？　呪文？」

「コールのこと？　これは、飲むときの掛け声みたいなやつだよ。それより、あなたはどこの出身？　日本人じゃないの？　中国？」

知らない人たちによる飲酒量の不毛な競い合いが、大学生の伝統的な習慣であることはわかっていたけれど、かといってさして興味を持てなかったので、マリアと一緒に隅の席に移動した。こちらのほうがずっと喋りやすい。

ほとんど水のようなカルピスを飲みながら、マリアの半生を聞きだした。マリアの両親は日本人だけれど、父親の仕事の関係でずっとイギリスで暮らしていたこと、日本に一時帰国は何度もしていたものの、本格的に住むのは初めてなこと、今はお母さんと弟と一緒に横浜に住んでいるけれど、電車の乗り方がわからなくて、朝の授業にいきなり遅刻したことなどを、ところどころ英語を交えながら喋ってくれた。

「家では日本語を使っていたからだいたい喋れるんだけど、書いたり難しいカンバセーションだとちょっと不自由かも。あと、ナウでヤングな人たちが使うスラングもわからなかったりする」

　ところどころ死語が混じるのがややこしい。

「ねぇマリア、ナウでヤングっていう単語はどこで覚えたの？」

「お母さんが持ってた少女漫画」

「……なるほど」

　古い少女漫画を題材に覚えたのは言葉だけではないみたいだ。マリアは本気で「日本では好きな人が出来たら、セーターを編んでプレゼントしなくてはいけない」とか「好きになると相手の靴箱《くつばこ》にラブレターをいれなくてはいけない」などと思い込んでいたことがのちに判明する。

　その日から、マリアの思い込みを発掘して正すのが私の日課であり、楽しみになった。私は、マリアに張り付きの日本案内係になったのだ。

　それは全然苦ではなく、むしろマリアと話していると、自分では知りえなかった刺激のツボを押されるような感覚があって楽しい。マリアの何気ない一言が、私の脳の凝《こ》り固まっていた部分をほぐしてくれるのだ。そう彼女に伝えると、「私は私のことを楽しいとは思えないけど、サキが楽しいと思ってくれるなら嬉しい。ありがとう」と言われた。マリアはどんな時が楽しいの、と聞くと、テトリスの長い棒が来るとき、と言うもんだから笑ってしまった。言葉の選び方だけではなく、マリアは感性が面白いのだ。私のように万事に無感動な人生を送ってきた人間にとって、マリアのフィルターを通して見る世界は、新鮮なものに映った。マリアと話していると、日常が非日常になり、世界を再発見している気分になる。

あまりに面白いので、私は、マリア語録を書き留めるようになった。ノートには日々、マリアの口から出た名言が溜《た》まっていく。

「昨日、日本文化の勉強のために落語っていうのに行ってきたんだけど、平屋っていうのは一体何を売るところなの？　ゼニガタヘイジは、どこにある何なの？　道の名前？」

「私、力の中では遠心力が一番好きなんだけど、サキはどんなパワーが好き？」

「となりのトトロのトトロはどこに行けば会えるの？　何のとなりにいるの？　私も会ってみたいんだけど」

燃えるゴミと燃えないゴミのゴミ箱を真剣に見比べながら「ねえサキ。これはどれくらい本気で燃やそうとした場合の話？」と聞かれたこともある。

これが他の女の子なら、天然ボケを演じているようであざとく感じてしまったと思うけれど、マリアのウブさは本物だった。せっかく背が高いのにまっすぐな背中をいつも前かがみに曲げているのは自信のなさの表れだろうし、私以外の誰かと喋る時は、ゆっくりと正確に言葉を選んでいるし、「普通」から外れて過度に目立つことを恐れているようだ。

「ねえねえサキ。私って、奇妙？」

まるで口癖のように何度も聞かれた。

「『奇妙』ってことはないよ。変わってる。いい意味でね」

マリアの日本になじむための努力を目の当たりにした人は彼女のことを「奇妙」だなんて言えないはずだ。彼女は時に、疑問をあえて自分の中に押しとどめ、なるべく自分の理解でもって、日本に溶け込もうとしていた。けれど、その解釈が独特だったし、滑稽《こっけい》な方向に暴走することもあった。せっかくのツルツルの黒髪を茶色に染めた理由も、「自分が茶髪にしたいというよりは、周りの女子大生の中では茶色が流行《はや》っているみたいだから」だそうだ。

私が驚いて「自分がやりたいならいいけど、やりたくないならやらなくていいよ」と諭《さと》すと、目を見開いて「やりたくなくても、大多数の人のやっていることを研究してみんなに合わせるのが日本人かと思った」と言った。

イギリスの高校を卒業後、そのままイギリスの大学にだって行けたのに、なぜわざわざ自分にとって苦労の多い日本の大学への進学を選んだのか聞いてみると、マリアは「自己を再発見し、未来の可能性を模索するため」と答えた。きっと面接の時に使った言葉なんだろう。意味はわかるし、嘘もきっとついていないと思う。

サキは、なんで政治学なの、と聞かれる。

「一番つぶしがききそうだから」

「つぶしって何?」

「将来何になろうっていうのがまだ明確に決まってないから、何かの可能性がつぶれた時に他のことが出来る、みたいな意味かなぁ」

マリアは「ふうん」とは言ってくれたものの、あまり納得はしていないみたいだった。

「つぶしがきくっていうの、すごく消極的な未来選択法だね。日本人らしいけど」

薄茶色の髪の毛をいじりながら口をとがらすマリアを、私は妙に気まずく感じて黙った。しばらくして、マリアは髪の毛を黒に戻した。

半年でマリアの日本語力は飛躍的に向上した。ただし、いまだに文章は脳内で全て英語から日本語に一度変換するため、たとえば「お風呂に入ってくるね」と言いたい時には「お風呂をとってくるね」などと言ってしまう。私くらいのマリア通になれば、それは英語の「I'm going to take a bath」のtakeがうっかり直訳されただけだとわかるのだけれど、マリアに慣れていない人は一瞬、目をぱちくりさせるのだった。他にも、holdが「抱く」なのか「持つ」なのか、あるいは「直す」は修理の意味の「fix」なのか元に戻すという意味の「put back」なのかなど、意味が複数ある単語の理解には、タイムラグが出てしまうらしく「試験で不利だ」と嘆《なげ》いていた。けれど、私自身は少なくともコミュニケーションに支障を感じなかったし、その頃には、私のほうがマリアの影響を受けて、日本語に時折、英語を混ぜてしまうようになっていた。もともと英語が好きなので、映画などで新しく知った単語を会話で使ってみたくなってしまうのだ。

私たちは、密度の濃い一年を一緒に過ごして、二度目の夏を迎えた。

二回目の前期期末試験勉強の気晴らしで、お茶をしている時、マリアはイギリスについて、懐かしそうに語ってくれた。

「天気悪いし、電車はこないし、食事は日本の足元にも及ばないよ。それでも大好き」

その言葉に、私は嫉妬《しっと》のようなかすかな苛立ちを感じるのだった。

「イギリス、今年も帰るの？」

去年の夏休み、マリアはまるまる一ヵ月、イギリスに帰っていた。車メーカーの支社長をしているマリアのお父様は、マリアが日本に進学するまで家族みんなで暮らしていた家に残り、単身赴任しているのだという。だからマリアはその気になればいつだって、イギリスに好きなだけ帰れるのだ。

「うん、今年も一ヵ月は帰るつもり」

「――私、マリアの育った街が見たいな」

そんな言葉が口を突いて出てきた。社交辞令ではなかったけれど、本当に行きたいというよりは、ぼんやりと頭に浮かんだ希望を、実現させようという意志もなく言葉にしてみただけだ。

けれど「え、ほんと？」とマリアが飛びつくように言ったものだから、私は後戻りが出来なくなってしまった。そして、期末試験が終わったら、マリアと一緒に本当にイギリスに行ってマリアのおうちにステイさせてもらうことになった。父親が住んでいる家だというのに、この寛容さはなんだろう。家族が住んでいる家に人を気軽に呼べるのは、やはり外国人特有の感覚だ。

マリアの故郷は、位置で言うと、グレートブリテン島の左下。ウェールズの首都のカーディフという場所らしい。首都という言葉に違和感があったので「イギリスの首都はロンドンじゃないの？」と聞いたら、イギリスはイングランド、ウェールズ、スコットランド、北アイルランドという四つの国から出来ているのだと教えられた。日本でいう東海地方、関東地方、近畿地方、四国地方……みたいなことだろうかと思い、そう口にしたら「まあ、愛国心が強い人と話さなければ大丈夫」ということだった。

カーディフまでの航空券は、マリアに頼んで取ってもらった。電車の乗り換えもスムーズに出来ないマリアが飛行機のチケットは易々《やすやす》と取ってしまえることに驚いた。

カーディフは何にもない田舎《いなか》だと聞いていたけれど、到着してみると確かに田舎だった。東京のどこに行っても空気が薄いような人ごみとは正反対の、のどかな空気。柔らかな風。人々の身長が高いせいもあるかもしれないけれど、街全体が大きく感じられ、空も東京より高いような気がした。

マリアの家は、街の中心部から徒歩十五分程離れたアパートメントだ。黄色いペンキの塗られた可愛いアパートの二階。この家でマリアは中学、高校時代を過ごしたのだという。

玄関を開けて迎えてくれたお父さんにマリアは「パパ、ただいまー!」とテンションで高く抱き着く。父とハグはおろか肌の接触をほとんどしたことのなかった私は度肝《どぎも》を抜かれた。

マリアのパパはマリアと同じように、笑うと目尻にぎゅっと濃いシワが何本も出来る優しい顔つきだった。くっきりとした二重まぶたは、マリアの目のそれと全く同じだった。

「私は日中は会社にいるので、うちを自分の家だと思って、好きにつかってくださいね」

柔らかい笑顔をみつめながら、マリアのパパはお父さんというよりパパという呼び名がふさわしいと思った。うまくは言えないけれど、うちのお父さんは「お父さん」で、マリアのパパは「パパ」だ。深々とお辞儀《じぎ》をして、日本からお土産として持ってきたヨックモックの包みを渡す。

マリアは部屋をひとつひとつ丁寧に案内してくれた。紅茶を飲みたい時のカップのありかや、替えの歯ブラシやトイレットペーパーが置いてあるクローゼットまで。リビングには、高校生の時から飼っているというハムスターがいた。

「テキーラ、元気ー？」とマリアが呼びかけると、ハムスターはちょこまかとケージの中を動いた。

「ハムスター、飼ってたんだ」

「うん、可愛いんだよね、なんかいつも一生懸命生きてて」

マリアが目を細めてテキーラにエサをやるのを横で見ていた。前歯でカリカリとせわしなくエサを食べるテキーラは、確かに一生懸命で可愛い。

滞在中、私はマリアの部屋を使わせてもらうことになった。マリアは弟の部屋を使うらしい。弟は日本の高校で体育会のクラブに入ったから、夏休みも毎日通学する必要があり、イギリスに帰国する暇はないらしい。

「体育会の思想は私にはよくわからないんだけど、弟は意外と馴染《なじ》んでる。私は、話を聞くたびにやめればいいのにって思うんだけどね。弟はこっちでずーっとテニスしてたから、かなり腕は立つはずなんだけど、新人だから試合は出させてもらえないんだって。先輩が怖くて、ほとんど球拾いと基礎練習のために通ってるようなものらしい。なんでテニス部なのに筋トレばかりさせられるのか意味わかんないよ。あ、練習の前後にテニスコートに挨拶《あいさつ》させられるとも言ってたな。日本人って、畳《たたみ》とかコートにご挨拶するよね。そういうところは、結構好きなんだけどね」

弟はまだアイデンティティーが出来上がっていないから、きっと私より日本人っぽい大人になると思う、とマリアは付け加えた。

マリアの部屋のクローゼットには、カラフルなドレスとヒールが折れそうなぐらい細いパーティー用の靴がたくさんあった。私はこんなに細いヒールの靴を一足だってもってない。あのドレスとこのヒールでドレスアップする機会が、マリアの人生にはきっと何度もあったのだろう。私と彼女が全く違う人生をたどってきて、今こうして一緒に過ごしていることを、改めて奇跡のように感じる。

その日は一緒に近所のスーパーマーケットまで歩いて行って、食料を買い込み、お惣菜《そうざい》もたくさん買って、カーディフ初日の夜をささやかに祝った。

二日目は、移動式遊園地に連れて行ってもらった。移動式遊園地というのは、遊園地のない街に屋台みたいに現れるものだそうだ。映画などで観たことがあるけれど、日本では普通の遊園地にしか行ったことがないので、楽しみにしていた。

デパートの屋上にある子供騙しの遊具が揃っている場所を想像していたけれど、ピカピカ光る本格的なアトラクションや、射撃や、子供のためのプレイグラウンドもあって、思った以上にちゃんとした遊園地だった。おもちゃ箱を揺らしているようなジャカジャカした音楽も、気持ちを弾《はず》ませてくれる。私は、マリアと一緒にビールを飲んで、キラキラ光る屋台の通りを何度も行ったりきたりした。

　翌日は映画館に行った。映画を観る時は必ず何か食べなくっちゃ、と言ってマリアがポップコーンを買ってくれる。

「イギリスのルールだよ」

「そうなの？」

「そうよ。何も食べないで観る映画なんて味がしないよ」

　味気ないという意味だと思う。周りを見回すと確かに、ポップコーンや炭酸飲料をしっかりと席の横に備えている人が多かった。

　甘い香りがするキャラメルポップコーンを指でつまんで口にいれながら、派手なアメリカのアクション映画を観た次の日は、マリアのパパが景色のいい国立公園を車で案内してくれた。帰りには三人で、地元の有名店でラムチョップを食べた。羊肉を食べるのは私の人生の中で初めての体験だったけれど、ローズマリーとポテトが添えられたそれは、臭《くさ》みがなく、嚙んでしばらくするとミルクのような甘みがじわっと出てくる気がして、予想外に美味しかった。

　毎日毎日、新しい場所で新しい経験をして、私はどんどんカーディフが好きになっていった。旅行者ならではの気楽さもあるのだろうけれど、一日を好きなことだけで埋《う》められる夢のような日々。日本で過ごす夏はきっとこうはいかなかっただろう。「日本にいる時ってマリアが妹で私はお姉ちゃんって感じだったけど、海外では、私が妹で、マリアがお姉ちゃんなのかもね」と笑うと、マリアは「そうね、確かに私たち、シスターみたいね」と言った。

マリアの家も快適だったけれど、一泊だけイギリス名物のB&B（bed and breakfast）にも、思い出作りと称して二人で泊まった。ひと夏、実家に滞在させてもらう代わりに、私のおごりで予約したのだ。ホテルの壁は石造りで、庭には花が咲き乱れ、お部屋には天窓があった。まるでおとぎ話の空間だ。

夢だったイギリス式の朝食も食べられた。「イングリッシュ・ブレックファスト」と呼ばれるそれは、ごはんが美味しくなくて有名なイギリスの最後の希望とも言われているらしい。重たく、平たく、まん丸い白いお皿に、ハッシュドポテト、マッシュルームのソテー、ぷりっとした白ソーセージ、カリカリのベーコン、焼きトマト、ベイクドビーンズが置かれ、トースト、バター、ジャムが添えられている。ベイクドビーンズの中には、黒いサラミのようなものが浮いていた。おそるおそるかじると、塩のかたまりのようにしょっぱい。

「この黒いのは何？」

「それはブラックプディング」

「って何？」

「血のソーセージ」

「これだけはダメだわ。あとは美味しい」

食後には熱い紅茶にたっぷりと砂糖をいれて飲んだ。

「なんか、信じられないな。マリアとイギリスで朝ごはん食べてるなんてさ」

「あと、アフタヌーンティーを楽しめば、もうイギリスの食事は制覇したも同然だよ。フィッシュアンドチップス、ブレックファスト、ミルクティーとスコーンのアフタヌーンティー。あと、移民の人がつくったインド料理が美味しい。日本にいると、居酒屋に行くたびに新しいごはんに出会うけど、イギリス料理は、一週間もあれば全部食べ終わるよ」

家にいる時は、キッチンに立ってマリアと一緒に食べたいものを作った。外では味付けの濃いものを食べたから、家では、必然的にあっさりしたものが食べたくなる。レタスと薄切りの豚肉を買ってきてしゃぶしゃぶにしたり、日本から持ってきたそうめんを茹《ゆ》でたり。ランチには、サンドイッチをよく作った。中身は日替わりで、サーモンやピーナツバター、アボカド、玉子など、冷蔵庫の中を見ながら適当に。違う味のものをお互いに作って、一切れを交換する。マリアは、パンを真ん中で切って四角形にするのではなく、対角線で三角形にするのが好きだった。そのほうが美味しい気がするらしい。私は、家でいつもするように、真ん中で切り分けて、長方形のものを作った。

夜にスーパーでそれぞれの食べたいものを買い込んで、二人だけのホームパーティーをしたこともある。ワインと、スミノフやらシードルやら甘くてくいくい飲めてしまうお酒を並べて、生ハム、チーズ、レーズン、クラッカー、オリーブや野菜のおつまみを食べた。デザートに、ゴディバのアイスやザラザラの砂糖が景気よくまぶされたドーナツも。

マリアのパパは、夕食は外ですませ、いつも二十時くらいに会社から帰ってきた。そしていったん部屋に入ってしまうと、後はもうほとんど共有スペースに出てこない。最初のほうは私たちに気を遣ってくれているんだと申し訳なく思っていたけれど、各自の部屋にトイレとバスルームがついているので、昔からそうなのだと説明されてからは気にならなくなった。いったんパパが部屋に入ったら、朝に出かけるまで、ダイニングもリビングも、もう私たちだけのものだ。

「セックス・アンド・ザ・シティ」を大画面で見ながら、酔った勢いで、ソファの上でセクシーポーズをして、スマホで自撮りの研究をしているうちに夜が更《ふ》けていく。毎日が馬鹿馬鹿しくて愉快で、現実感がない。

ある夜、私が、あまりにも楽しいと、今が人生の頂点という気がして不安になると言ったら、マリアは「いいんじゃない、それで。だって、『今』は更新されていくわけだし。明日もきっと今が一番楽しいよ」と楽し気に笑った。

パブ・クロールに行こうというのはマリアが言い出した。いろんなパブを巡りながらお酒を飲むことらしい。お店を変えるごとに酔っていき、最後にはクロール、つまりはうようになって次のお店にいくことになるから、パブ・クロールというのだとか。

マリアは外出前に、「汗を流す」と言ってシャワーを浴びて、ヴィクトリアズ・シークレットのボディクリームを体中にたっぷりと塗り込んだ。シャワーからもれた湿気が部屋全体に広がり、あたり一面甘ったるい香りでいっぱいになる。

マリアは、鼻歌を歌いながら、軽く乾かした髪の毛にざっくりとオイルをなじませ、ばさばさと頭を前後にふってボリュームを出した。その様がまるでミス・ユニバースのファイナリストが大会に出場する前の舞台裏のようで、一瞬臆《おく》する気持ちになる。日本では目立つのを恐れ、常に周囲の様子を窺《うかが》い、私を頼りっぱなしだったマリアが、ホームグラウンドのこの国ではこんなにも大胆になれるのか。背筋も心なしか、何かに吊りあげられているかのようにぴしっとしている。いや、そもそもこれこそが本来のマリアなのかもしれない。日本でのマリアのほうが、きっとマリアにとっては自分ではないのだろう。

マリア、今日は夜の女王みたいだね、と声をかけると、マリアはホイットニー・ヒューストンの「クイーン・オブ・ザ・ナイト」をiPodでかけて踊り始めた。家で音楽をかけて踊るなんてことも、私はしたことがない。

「サキ、ビール飲もう」

緑色の透《す》き通った瓶に入ったビールを手渡され、私は夜に飛び込む覚悟で、冷たいその液体に口をつけた。ほのかに香りづけられた、味のよくわからない液体が喉を滑り落ちていく。

タクシーで出かけて行ったパブでは、マリアの高校時代の仲良しのイザベラと落ち合った。イザベラは中東系の血が混じっているエキゾチックな美人だ。一本一本がしっかりと濃く、まるでつけまつ毛のように長いまつ毛が、バサバサと上下に動く様子に見とれてしまう。

英語は私にとって得意教科で、会話にはちょっと自信があった。けれど、イギリスなまりの強いイザベラと、イザベラにつられて早口で話すマリアの会話には、全く入っていけない。後からマリアに聞いたところ、ただのイギリスなまりではなく、カーディフなまりも少し入っているらしい。英語にもなまりがあるなんていう当たり前のことを、今まで意識したことがなかった。映画や授業で耳に入ってくる英語は全てアメリカ英語で、イギリスの英語とは、アクセントが違う。同じ単語でも、アクセントの置き場所が違うだけでこんなにもわからないのかと私は驚き、同時に、発音どころか単語さえあやふやな日本語で奮闘していたマリアの困惑を噛みしめた。もちゃもちゃと柔らかいものを噛んでいるような独特の話し方の政治学の先生や、きつい関西弁を使う社会学の先生の授業のノートはちゃんと取れていただろうか。

私は、マリアとイザベラが楽し気に喋っているのを、さも一緒に楽しんでいるかのように、笑顔でうんうんと頷きながら途中まで聞いていたけれど、実際は、ほとんどの会話の内容を理解出来ていなかった。聞き取れる単語の意味を頭の中で探しているうちに、話題は変わってしまう。周りの風景から自分だけがくっきりと浮き出ているような疎外感をもった。目の前にいる人たちの会話がわからないということは、こんなにも孤独を感じるものなのか。

頭の中に、小学生の頃の大縄跳びの時間の記憶がまた浮かんだ。マリアに会った時にも、確か同じことを思い出していたはずだ。

狭い教室。隅によせられた机と椅子。窓から入ってくる太陽の光。目の前でぐるん、ぐるん、と縄が回っていて、私は体全体でリズムを取りながら、入るタイミングを窺う。「がんばれ、サキ」と誰かの声がする。けれど、今だ、と思った瞬間に体がこわばってうまく動かない。音のない教室に、失望の空気が広がるのがわかり、額《ひたい》に汗がじとっとにじむ感触がある。教室の中で大勢に囲まれて、みんなは敵じゃないとわかっているのに、自分だけが排除されているような息苦しさ――。

孤独感は、胸の中でくるくると奇妙にねじれて、私になんの配慮もなく、ナチュラルなスピードでイザベラと話すマリアへの憎らしさに変わっていく。少しは、こちらがわかるように、気を遣ってくれてもいいのに。

「――?」

イザベラからの質問が聞き取れず、私は思わず日本語で「え、どういうこと?」と聞き返した。

「サキは音楽では何が好き、って聞いてるの」

マリアが日本語でフォローしてくれる。いつもはJ-POPを聞いているのだけど、言ってもわからないだろうから、持っている英語のアルバムをいくつか思い浮かべた。

「そうね、スパイス・ガールズとか、ブリトニー・スピアーズとかを聞いてる」

英語で答えた。その途端、マリアとイザベラが、口の端っこを奇妙に曲げて笑う。その笑顔があまり好意的ではないように感じたので、どういうことかとマリアに聞くと、こちらでは、スパイス・ガールズやブリトニー・スピアーズは時代遅れ、あるいは中高生のハマるもので、本物の音楽ではないという認識があるとのことだった。

「大学生は、あんまり聞かない音楽なの。ミュージシャンっていうより、アイドルって思われてる。そして日本と違ってこっちでは、アイドルはティーンのものなの」

私は恥をかきたくなくて「アイドルだとしても私は好き」と言い張ってしまう。マリアとイザベラはそれを、うんうん、とにこやかに聞いてくれたけれど、胸の奥に水たまりのようなものが出来て、その冷たさがどんどんお腹に染みていった。マリアとイザベラの好きな音楽についても聞いたけれど、全く聞いたことのない歌手だった。

話題を音楽から変えたくて、イザベラの恋愛について尋ねた。

「イザベラは、今付き合っている人はいるの？」

「うん、ボーイフレンドが一人いるわ」

「それはどっちから告白したの？」

イザベラの表情が少し歪む。また何か変なことを言ってしまったかと不安になると、マリアが解説してくれた。

今サキが使った「コンフェッション（confession）」という単語、日本だと告白と訳されるけれど、イギリスでは罪を告白する時によく使う「告白」なの。日本語の「告白」っていう意味で使われていないわけではないけど、少しニュアンスが重すぎるかな。デートのお誘いというより、ロミオとジュリエットみたいに重～い雰囲気が出る。それに、ちょっと昔っぽい言葉。おじいちゃん、おばあちゃん世代が使う言葉かも。

胸の奥の水たまりには、水がどんどん足されていった。

「……じゃあ、告白するって今の時代の人はなんて言うの？」と聞くと、マリアは少し考え込んで、「告白って概念は、イギリスにはないかもしれない」と言った。

「日本では、相手を好きなことをずっと隠していて、ある日いきなり『ずっと好きだったんです！　彼氏・彼女になりましょう』と『告白』するよね。でもそういう展開自体、イギリスではないの。最初からお互いに好意をオープンにして、どちらかが『あなたのことが気になるから、デートでもして相性確認しない？』って声をかけてデートに行くって感じ。でもその時点ではまだ彼氏・彼女ではなくて、お互いにお試し期間って感じかな。デートに行こうって誘う時は、例えば『アスク・アウト（ask out）』とかって言うかも。ask her out とか ask him out とか言うと、彼女を誘う、彼を誘う、って感じ。これが日本で言う告白に近いのかなぁ。とりあえず、食事に誘うことが軽い告白みたいなものだよ」

私は、マリアの解説を聞きながら、英語が得意なんていい気になっていた自分のことを恥ずかしく思った。同時に、日本で私があれこれ偉そうに言っていたことが、マリアを知らない間に傷つけていなかったかと不安にもなった。私がマリアの解説を日本語で聞いている間、イザベラは、スマホで誰かにメールを送っていた。マリアとイザベラのせっかくの夜を、私が邪魔しているような気にもなってくる。美味しいはずのお酒も、もうすっかり味を変えてしまい、ただの苦みのある液体に思えてくる。

その後、場所を変えてお酒を飲んだけれど、胸の冷たさはどんどん広がるばかりで、話していても、口角の位置が下がってきた。マリアもそのことに気づいたのか、今飲んでいる一杯が終わったらクラブに行こう、と提案してきた。クラブという場所には、日本でも行ったことがない。

マリアがよく行くというクラブに着くと、エントランスにわかりやすく強そうな黒人のお兄さんが立っていた。イザベラとマリアのことは難なくいれてくれるのに、私だけIDの提示を求められたのは、格好《かっこう》が子供じみていたからだろう。二人の、ぐっと出した胸元や、ピンととがったヒールに比べて、私のワンピースはまるで幼稚園児が着るスモックだし、ポコポコと音を立てる厚底のサンダルも、子供の背伸びアイテムに思えてくる。日本にいた時、私はなんでこんなものを可愛いと思って、スーツケースに詰め込んだんだろうか。パスポートを提示しても、何度も何度も疑われるように顔を確かめられる。マリアが一言何かを言うと、お兄さんがニカッと笑い、磨き上げた真珠のような歯の白さが目に飛び込んできた。そしてようやく「ゴー!」とお許しが出た。

初めてのクラブは想像よりもだいぶ控《ひか》えめな印象を受けた。光がくるくると回り、音楽が耳をつんざくようにがんがんとかかっている日常から遠く離れた異世界なのかと思いきや、お酒を飲むバーに、少しだけダンスフロアがついているという感じで、さっき思っていたほどのギラギラ感はない。こんなおとなしい場所に入るために、さっきのような大げさなチェックを受けなくてはいけないなんて滑稽だとさえ思えてくる。ダンスフロアにいる人たちもそんなに多くなくて、盛り上がっているとはとても言えない。ダンスをしていない人たちはみんなバーの周りにたむろして、お酒を飲みながら歓談している。

「クラブって、意外と健全な場所なんだね」

「ここは、ただの田舎のクラブだからね。ロンドンに行くとまた雰囲気違うよ。でもここに、この街の若者はみんないるの。だからみんなここで出会うよ」

イザベラは、ボーイハントに行くと言って、いつの間にか消えていた。そんな自由さからも個人主義の国であることを痛感させられる。私は、一人で行動するのが怖かったから、マリアのくっつき虫になっていた。

「マリア、イザベラって、さっきボーイフレンドがいるって言ってなかった？」

「うん、いるけど、シリアスな関係ではないの。だから彼女が他の男の子を物色するのは彼女の自由よ」

「でもボーイフレンドがいるなら、浮気じゃないの？」

「うーん、日本とは考え方が違うんだよね。イザベラは一応ボーイフレンドはいるけど、彼とはお互いにまだ他の人をみてもいいことにしようね、って決めていて、友達以上恋人未満って感じなのよ。もちろん、ちゃんとしたボーイフレンドがいる時は、浮気はしないよ。特に、一度『アイラブユー』を言ったら、そういう不誠実なことは出来ないって感じ。日本ではみんな、気軽にアイラブユーって言うでしょ。でも、英語の『アイラブユー』はすっごく神聖な誓《ちか》いの言葉だから、アイラブユーって、人生で何人かにしか言わないんだよ。気軽にアイラブユーって言う男はクズって感じ」

「じゃ、アイラブユーを言った後は浮気はしないのね？」

「しない。それをしたら人間のクズ」

私は、頭を抱え込んでしまった。

「イザベラはこの後どうするの？」

「さあ。『今日はメンズ探しする』って言ってたから、いい男がいたら、その人とどこかに消えるだろうし、もしも捕まらなかったら帰るんだと思う」

「一緒に帰る約束とかはしてないの？」

「勝手に置いていくのは危ないから『サキと私は帰るけどどうする？』ってさっきメッセージしたよ。そうしたら『私はまだいたい』ってことだったから、『気を付けて、楽しんでね』って送っておいた。まだまだ飲み足りないのかもね」

「そっかぁ……」

私だったら、女友達にふしだらだと思われたくないから、一緒に来た人が帰ると言ったら、自分はまだいたくても一緒に帰ってしまうと思う。

ダンスフロアでは背は低いけれど存在感のある美人が、カクテルを片手に体を揺らしていた。その周りでは、地元のイケメンたちが相手をしてもらいたげに体を揺らしている。美人さんは、胸の谷間がしっかりと見える服に、Gジャンをひっかけ、黒革のタイトなミニスカートをはいていた。ポニーテールをきゅっと頭の上の高い位置でしばった髪型が端正な顔だちを際立たせていたし、メイクだってしっかりと濃くて堂々としていた。

「あの人の格好、セクシーだわ」

マリアがお酒を飲みながら言った。

「今度ああいうGジャン私も買おうっと」

「でもあの人、胸出しすぎじゃない？」

「出しすぎじゃないよ。胸があるんだから、出したほうがかっこいいよ」

「男の人に見られるじゃん」

「そうよ、見せてるのよ。だってここはクラブなんだよ？」

それを聞いて私はようやく納得した。わかりやすく女を主張するという、ともすると日本ではあざといとされることが、ここではすごくかっこよくて、普通のことなのだ。自分の魅力を思いっきりアピールすることがここでは正しいのだ。そこに恥じらいを感じることのほうがきっと恥ずかしい。

私は自分の性別をただ持て余していることに気づく。性別だけではない。何が似合って、どんな服が好きで、どんな音楽が好きかもわからない。真剣に選んだことなんてない。ただ流行のもの、無難な格好に身を包み、流されて、適当に切り貼りしたものを自分だと思い込んでいるけれど、それが本当に自分なのかなんて疑問をもったことすらない。体に猛烈《もうれつ》な震えがきたのは、強力な冷房のせいだけではないだろう。さっき胸の内に出来た水たまりが、きっと体の中をびしょびしょにしているのだ。

いっちょうらのワンピースは、日本に帰ったら捨てると思う。この服が好きなら、堂々としていられたのに、例えば誰かに、なぜそんな格好をしているのだ、と言われたら答えられないし、その服は素敵だね、と言われたところで、素直にありがとうとは言えない。その時点でこれは、私が私のために選んだ服ではないのだ。

私も堂々と女を使いこなしたい。そして「自分」を頭の先から爪先まで、しっかりと見せたうえで、ダンスフロアの女王になりたかった。

嫉妬を感じながら私は、ただ冷たいだけのお酒を、湧き上がってくる自分の感情をおさえるために飲んでいた。

ときたま話しかけてくる男は、背が低くて頼りなげで、見栄えがしない人ばかりだった。一緒にダンスをしないか、と誘い続けてくるヒゲヅラのおじさんがあまりにもしつこくて、私は「うるさいよブサイク」と日本語で言った後、そんな自分が嫌になり、「もう帰ろう」とマリアに言った。マリアは「ほな、帰りましょか」と謎の関西弁を交えて言った。

一歩外に出ると、さっき感じた恥ずかしさも、男に感じた煩《わずら》わしさも、まるで脱ぎさったみたいにどこかに消えた。夜の遊び場ってそういうものなのかもしれない。

夜道は信じられないくらい静かだった。人通りも車も、何もなく真っ暗な道を、マリアと一緒に、サンダルを脱いで歩いた。

「寒いねえ！」

昼間はのどかな街に感じられたけれど、夜はまるで街全体が墓地になったかのように、暗くてひんやりとしていた。

「今夜、楽しかった？」とマリアに聞かれて、ストレートに楽しかったとは言いづらかったので「……初めてのことだらけだった」とにごした。

マリアが行く前にも歌っていた「クイーン・オブ・ザ・ナイト」をハミングし始めたから、私も合わせた。

「イザベラは、一緒に帰らなくていいの？」

「彼女は今頃、ボーイズと楽しくやってる」

「マリアも、そういうことするの？」

「たまにね。日本ではしたことないけど」

「一晩だけの関係？」

「ワンナイトスタンド。楽しいよ。そこからちゃんとした恋愛になることもあるし」

一夜だけの恋……いや、お持ち帰り、と訳すのが正しいだろう。日本であればふしだらな女という印象になるかもしれない。男遊びを悪びれなく口にする人は、少なくとも私の周りにはいない。でも、こちらでは、そうやってカジュアルな恋愛をみんなが普通にしているのだ。

「そっかぁ」と私は小さく相槌《あいづち》を打った。

家に帰ると小さく何かを裂《さ》くような音が窓の外から聞こえた。目をやると、遠くで花火が上がっている。

「海辺のほうだ。何やってるんだろう?」

私たちは、ベランダに出たけれど、部屋の中にいた時と見える景色が変わらないことに気づいて、リビングに戻って、ソファの向きを窓のほうにぐるりと変えた。そして、花火を見ながらおしゃべりの続きをした。

アラビア語には「SAMAR(サマル)」って言葉があるんだって。それは、友達と夜更かししながら、人生の意味について考えたりして、楽しく過ごすこと、って意味なんだって。今の私たち、それかもね。こういうね、あの国にはあるけど、この国にはないって言葉を探すのが、私、好きなんだ、とマリアが喋り始める。

そもそも、日本だと性別欄に「男」「女」しかなくて「それ以外」の選択肢がないなぁって思ったり。ま、イギリスでもないことのほうが多いけど、日本では一回も見たことない。それと日本のお笑いは「ボケ」と「ツッコミ」が分かれるでしょ。あの役割分担も日本特有。イギリスでは今ボケてるのか、ツッコミなのかは、観客が決めるって感じ。それから、日本には人間関係のグレーゾーンを指す言葉が少ないって私は思うよ。「恋人」と「友達」がはっきり分かれてて「その間」の期間がなかったりするのも、「ザ・ジャパニーズ」だなぁ。あと、「合コン」っていうのは、イギリスにはないの。見知らぬ人と、さっきみたいにクラブとかパブとかで会って、気が合ったり、お互いに好みな顔だったら一緒に盛り上がるけど、見知らぬ人と恋人を作る目的で会って、絶対に二時間話さなくちゃいけないルール、あれ、なんなんだろうって思ってる。すっごく日本的。お互いにタイプじゃなくても、なんとなく表面的に仲良くなった感じにならなくちゃいけないじゃん。私、昔は合コンってとてつもなく憧れてたんだけど、一回行ってみて、面接のようだと思ったから、以後は避けてるんだよね。イギリスのほうが出会いはずっと気楽だよ。出会いは普段の生活に落ちているもので、合コンとかに行って「作る」って感覚になったことがない。まあ、これは全部、私の感覚で喋っているから、厳密には、私と同じ考えじゃない人もイギリスにはたくさんいると思う。でも、なんにせよ、日本人は、自分が思っている以上に日本人だよ。そのせいで、私は、ただ日常を送っているだけで何もされてないのに、意地悪をされている気がしたりする。

サキと出会った日も、みんながわけのわからない歌を歌ってたでしょ。あれ、まるでカルト宗教みたいだよ。何の説明もなくいきなり歌いだしてさ。あれって学校で習うの？　習わないでしょ。なんでみんな歌えるの？　私いまだに謎なんだよね。ユーチューブで見て勉強したけどさあ。あと一本締め、とかもよくわからない。終わる合図がないと帰れないの？　一本締めって必要だと思う？　サキは日本の風習に疑問を持ったことはないの？　そうそう、○○系日本人って言葉も聞いたことがないね。私の彼氏はイタリア系アメリカ人だけど、日本では、中国系日本人とか言わないじゃん。あー、あとね、日本のほうが言葉のターンオーバーが早い気がする。私、一回「チョベリバ」って言ったら、全然通じなかったじゃん。英語にもたくさんスラングはあるけど、日本のほうが、言葉の賞味期限は短いよね。

マリアは酔うと言葉が溢れるタイプみたいだ。今の私は、日本のここが変だ、ここがわからない、と言われても反論したりせずに淡々と受け止められる。たわいもないことのようで、どれも、今この瞬間にしか気づけない大切なことだと思った。きっと何年か後の私たちはこんな話は出来ない。マリアが日本に違和感を持たないほど溶け込んでしまったら、今話しているようなことは全部、普通になってしまうはず。

いつのまにか花火は終わっていた。

「かすかな花火だったねえ」

「うーん。ささやかかな、が正しいかな。いや、ささやかな、もおかしいかも」

「『かすかな』と『ささやかな』はどう違うの？」

「なんでかは説明しづらいんだけど、花火がかすかだった、とはあまり言わないんだよねえ。かすかに花火が見えた、とかは言うと思うんだけど」

「そっか、わかった。まあ説明しづらいことってあるよね。例文をたくさん覚えれば、きっと慣れていくよね。それにしても、ガイ・フォークス・デイでもないのに、一体なんの花火だったんだろう」

「ガイフォークスデイって何」

「十一月にある、花火が上がる日」

「へえ、花火って、冬にも上がるんだね」

「うん、花火って日本だと夏って感じがするけど、イギリスだと、ガイ・フォークス・デイとか、ニュー・イヤーとか、冬に上がるものってイメージだよ」

ただ暗いだけの空を見て、お祭り騒ぎが終わってしまった後のちょっとしたさみしさをお互いに感じながら、沈黙を埋めるように、改めて二人で乾杯した。カチンというグラスの音の余韻《よいん》。ちょっとだけあけた窓から風が入ってきて、耳の横を通り過ぎていく。風なんて世界中どこにいたって同じはずなのに、風の感触で、ここは異国なんだなあと思わされた。

「マリア、私ね、今日、マリアが当たり前だって思ってることと自分の当たり前が違ってすごくさみしかったんだ。こんなさみしい気持ち、マリアは日本で毎日感じてたのかなぁって思ったら申し訳なくなった。私、マリアのお姉ちゃんになった気分で、日本のことといろいろ教えてるつもりだったけど、知らない間に傷つけちゃってたら本当にごめんね」

そう謝ると、マリアは明るく「全然傷ついてないよ！　むしろ私が、サキの足を引っ張っていないか心配だったよ。でも、イギリスにいる時は、私のほうがお姉ちゃん役をやれるから、それはそれでちょっと楽しい」と返してくれた。二人で笑って、あぁ、通じ合ってるな、と思えたのと同時に、胸の中の水たまりも消えた。

「マリア、自分がイギリスで育ってよかったことは何だと思う？」

「無いよ」

「え？」

「私、イギリスで育ったと思ったことはないんだ。日本に行ってよかったって思うことはあるけど。日本での経験は、後付けの外付けハードディスクみたいなものなの。イギリスで育ったのが当たり前だから、イギリスで育った、とは考えたことないの。そう考えると今も私、本体はイギリスにいるんだよね。日本でのことは、全部夢の中のことみたいっていまだに思ってる」

そっか、としか言えないでいると、マリアはこちらをまっすぐに見た。

でもサキ、私ね、変わったことが一つある。日本のことを以前は「that country」と言っていたの。でも今はイギリスと並んで「my country」と言えるようになったんだよ。まだ胸を張って言っているわけではないけど、日本のことが、初めて自分ごとになったよ。


翌朝、目が覚めたら、マリアの使っている弟の部屋のベッドに二人で寝ていた。マリアも私とほぼ同時に起きた。お酒のせいで、まぶたが重く、体全体がだるい。昨日のパブも花火も、もう随分と昔みたいに思える。

「おはよう」と私が言うと、マリアはまだ頭が日本語モードになっていないのか「グッモーニン……」と英語で答えた。

顔を洗い、服を着替えて、コンタクトをつける。そして、何気なく部屋の隅にあるケージを見ると、いつもちょこまかと動いていたハムスターのテキーラが動かずにころんとケージの隅に横たわっていた。あれ、と思ってケージをあけて、テキーラを手のひらにのせてみると、いつものようなほんわりしたあたたかみがなく、重い。どうしていいかわからず、そのままの手の形で、服を選んでいるマリアのところに動かないテキーラを見せに行った。

「どうしよう、マリア。テキーラが死んでる」

マリアは「嘘でしょ……」と言った後、英語で二言三言何か言い、その後黙ってしまった。ごはんもお水もまだ十分にあったし、部屋はそんなに暑くもなかったから死因はよくわからない。寿命だったのかもしれない。

午後はショッピングに行く計画を立てていたけれど、予定を変更してお葬式をすることにした。ペットのお葬式なんて、小学生ぶりだ。

準備を整えた私が「じゃあ埋めようか」とマリアに言うと、アルミホイルでぐるぐるまきになった死体を冷蔵庫から出してくるので仰天してしまった。

「冷蔵庫？　なんで？」と聞くと「だって、家の中で一番温度が低いから」と言われて、返す言葉が何も思いつかなかった。たしかに合理的ではあるけれど。

枯れかかったヒマワリがポツポツと残る庭に小さな穴をスコップで掘り、無事にテキーラを埋葬し終わると、マリアはさっと立ち上がって伸びをして「じゃ、サンドイッチでも食べようか。ちょっとお腹減っちゃった」と言った。

その切り替えの早さに私は、この子にはまったくかなわないなあと思わされるのだった。

この夏が過ぎて日本に帰っても、またマリアと過ごす秋が来る。その頃には、マリアと私の役割が交代して、私が姉、マリアが妹みたいになっているんだろう。そういえば英語の「シスター」という単語には年上、年下の区別はなかったな。マリアが「私たちはシスターだ」と言っていたのを思い出す。

真っ青な頭上では、二十歳の夏と一緒に、筋雲が流れるように過ぎていく。

六本木のネバーランド

ごはん会の場所が鍋屋だと聞いて、私は大いにやる気をなくした。鍋は嫌いではないけれど、せっかくの外食、しかもおごりなら、家では食べられない、もうちょっと贅沢《ぜいたく》なごはんが食べたかった。はるばる六本木まで、汁と野菜のために出かけるなんて、テンションが全然上がらない。もっとイタリアンとか、中華とか、焼肉とか、選択肢はいろいろあるだろうに、鍋っていう発想がもうおじさんすぎる。今日は絶対に長居せずに、二十三時には帰りたい。あちらが安上がりで終わらせるつもりなら、こちらだって、サービスを出し惜《お》しみするまでだ。巻きたかった髪は、時間が無くてブローだけで出てきてしまったけれど、気合をいれなくて大正解だった。今日は女の友情を確かめるためだけの消化試合だな……。

「鍋かー。ごめんね……。まあでも、いかにも東京の独身男って感じの店選びだよね」

幹事の美咲《みさき》が手鏡でマスカラとパウダーのノリをチェックしながら、私の気持ちを代弁してくれた。

「たぶん、接待でコース料理食べ疲れて、野菜が欲しいけど、家で自炊は絶対にしない。で、『よし、久々に外で、鍋食べるか！』……的な？」

「こっちは食べ盛りの女子大生だっつーの」

「ね。がっつり食べるつもりで、ランチ減らして損した。美咲は今日の人と、どこで知り合ったの？」

「えーっとね、一年くらい前の合コンだったかな？　で、別にかっこよかった記憶はないから何もなかったたし、それ以来連絡も取ってなかったんだけど、他に外銀の知り合いがいなくてさ」

美咲は入学以来毎年、広告研究会からミスコンにしつこく勧誘されている人目をひく美女で、私の自慢の親友だ。世の中的には美人は性格が悪いとされているけれど、そんなことはない。小さい頃から愛されて当たり前の環境で育ってきた美咲は、素直な性格で、名前も顔も立ち居振る舞いも、洗練されていて美しい。最初は横にいるとそわそわしたけど、美咲は男に媚《こ》びるタイプのぶりっこ系美女ではなく、自分の美しさに自覚があって、堂々と武器にしつつ、男をうまく使い、自分の得た特権を友達に気前よく分け与えてくれるから、一緒にいるとどんどん好きになった。小悪魔という言葉がとてもよく似合う。

女っぷりでは負けを認めざるを得ないが、私は私で、自分の持ち味を徹底的に研究した上で、それなりにモテた。これが私たちが仲良くなれた理由でもある。美咲は高身長モデル系美女で、私は低身長小動物系なので、かぶらないのだ。一緒に歩くと通行人の目はどうしても美咲のほうに向けられるけれど、私は私でちゃんと需要があった。

二人で合コンに参加するのは、私たちの大好きな遊びの一つだった。お互いにちゃんと彼氏はいたものの、合コンという場所での数時間の恋愛ごっこは、女としての価値が試されて楽しい。人間観察でもあり、社会勉強でもあり、コミュニケーション能力の向上にも役立っているんじゃないだろうか。おかげで私たちは、大学二年生になる頃には、どういう対応をすれば、年上の男の人をいい気持ちにさせてあげられるか知り尽くしていたし、東京で旬《しゅん》とされているレストランは、行きつくしていた。一本数万円、時には数十万円のワインにも出会った。

美咲とは、好きなタイプもうまいことばらけている。美咲は帰国子女ということもあって、毛も顔だちも濃くて、ジムで鍛《きた》えてプロテインとかを飲んでいそうな、いかつい男が好きだし（私は「ゴリラ好きな美咲」と呼んでいる）、私は、細マッチョなジャニーズ系がタイプだ（美咲は、私を「モヤシ好きの美幸《みゆき》」と呼ぶ）。

大学一年生から仲良しの私たちは、二人でいろんな飲み会に参加して、大っぴらには言えないいろんな無茶もした。一時期は「慶應の美咲と美幸」として知れ渡っていたらしい。だけど、そろそろ就活という時期になり、日課だった夜遊びはこのところ控えめになっていた。なんだか悪女のようだけれど、私たちは、女子大生というブランドを武器に、知らない世界を覗《のぞ》く探検家気分だったのだ。女子大生というパスポートさえあれば、いろんなところに出入りできた。私は、知ったつもりでいた東京という街の面白さに、大学に入ってから初めて気付いたのだ。

でも、こんなに楽しくて夢みたいなことは、そんなに長く続かないというのはなんとなくわかっていた。夢は期限付きだからこそ美しいのだ。

美学部では「絶対、アナウンサー試験受けるでしょ」なんて噂《うわさ》されていたけれど、美咲は外資系の投資銀行一筋だと私は知っていた。美咲のお父様は、海外支店の支店長を務めたこともあるメガバンクのお偉いさんで、美咲は金融にすごく興味があるみたいだったし、アナウンサーをあまりいい仕事だとは思っていなかった。

「海外のアンカーウーマンと違って、日本のアナウンサーって、キャピキャピして、完全にタレントじゃない。それに稼《かせ》げる額も知れてる。私は、長く続けられて、しっかり稼げる仕事がしたいの」

美咲のこうやって言い切っちゃうところが、私は好きだ。誤解されることも多いけれど、周囲の顔色を窺っていい子ちゃんの発言ばかりするつまらない女の子より、よっぽど一緒にいて楽しい。

今日は本気合コンではなく「外銀の仕事の中身をもっと知りたいんだけど、男の人と二人だと口説《くど》かれそうで面倒くさいから、一緒に来て」という美咲に付き合って、外資銀行マン二人とのごはん会だ。

口説かれたら面倒くさいと言っていたくせに、一回会ったことがあるだけらしい星《ほし》野《の》という男に、美咲はやたら愛想《あいそ》を振りまいていた。もしかしたら、とことん気に入られて、インターンに推薦してもらおうとか、他の部署の人を紹介してもらおうとか、そういう下心もあったのかもしれない。

いくらお給料が高いとはいえ、英語や数字まみれで苦しそうな外銀の仕事には興味ゼロの私は、省エネモードで、淡々と鍋を食べ続けていた。来る前は、モツ鍋という食べものを完全になめていたけれど、ぷるぷると新鮮なモツは臭みがなくて美味しく、くたくたになったキャベツやニラはいくらでも食べられた。ニンニクもたっぷり入っていて、美容にも良さそうだ。この冬は、モツ鍋屋さんを開拓してもいいな、そんな気ままなことばかりが、頭の中を巡っていた。

話に集中している美咲が、私のお皿に鍋をどんどんよそってくれるので、私は食べる要員に徹しつつ、場をつなぐために、星野が連れてきた森《もり》さんとたまに会話のラリーをした。森さんは色黒で目の大きい星野に比べて、少し奥手な印象を受けた。体の線は全体的に細く（だから美咲のタイプからは外れる）、激務のせいか、頰が少しそげていた。小さめの目は充血していて、肌も不健康に青白い。美容院に行く余裕がないのか、髪の毛が少し重くて、それが疲れたオーラに拍車をかけていた。

森さんは、自分からはあまり話さなかったけれど、星野と美咲が繰り広げる会話を柔らかく微笑みながら聞いていて、適度に合いの手をいれたりしていた。ちょっと見た目が頼りなさすぎて、イケメンだとは思えないが、品が良くて感じもいい。退屈な飲み会の暇つぶしの相手にはちょうどいい。

「森さんも、投資銀行歴、長いんですか」

「そうだねー、僕はもう何社も経験してる」

森さんの話によると投資銀行というのは、成績を上げないとがんがんクビを切られる残酷な世界らしい。クビを切られるときは、朝いつも通り会社に行ったら、入館証が使えなくなっていて入れなかったり、昼休みに「今クビになったから十五分以内に荷物をまとめてこのビルを退去しろ」とか言われたりするという。

「僕はまだクビになったことはないけど、同僚は何人もクビになった。体力もそうだけど、心が強くないと、続けられない仕事なんだよね……。前にいた会社では、ドラッグを使いながら仕事してる人もいたし、自殺した人もいたし、うつ病になったやつもいる。僕も、明日は我が身と思いながらなんとかもってるよ……」

つらい仕事だと聞いたことはあるけれど、思った以上に狂った世界だ。美咲は、なんでそんな厳しい世界に自ら飛び込むのか、よくわからない。

「ちゃんと寝れてますか」

「今は落ち着いてるけど、忙しい時期は、睡眠二時間とか。四時間寝られれば御《おん》の字かな」

「よくそれで生きてられますね」

「それでも、金融の仕事は好きだし、まあ、他のやつらも同じ条件で働いてるから弱音ははけないって感じかな」

「支えてくれる彼女とかはいないんですか」

私は、女子大生という無敵の肩書を武器に――きっともう二度と会わないだろうと思ったから、ということもあるけれど――ずけずけとプライベートを聞いた。

「欲しいとは思うんだけど、ここ何年か、作る暇もなくて」

いつもは、忙しくて恋なんてしないという人はうさん臭く感じるのだけど、森さんの顔は本当にくたびれていて、真に迫るものがあった。仕事以外、本当に何もない人生だとしたら、可哀相だ。どんなに高給取りでも、命を削るようにしてお金を貰《もら》っているなんて、同情する。彼女もいなくて、毎日ストレスと闘って、稼いだお金も使う暇がなくて。そんな人生、何が楽しいんだろうと思ったけど、さすがに常識は持ち合わせているので、ぐっと飲み込んだ。その日はラインだけ交換した。

帰り際に「今日はありがとう、楽しかったです」と社交辞令的なラインがきて、私も「今日はごちそうさまでした。また、どこかで」とだけ返した。

森さんから、再びラインが来たのは、その一ヵ月後だった。

「美幸ちゃん、僕の家に住まない？」

森さんの話を要約すると、二ヵ月ほど研修でニューヨークに行くから、その間、森さんの家を自由に使っていいということだった。私がごはん会の時、早く帰りたいばかりに「終電が早いので」「家が遠いんです」と連呼していたのを覚えていて、連絡をくれたらしい。実際、都内の一等地に住んでいてどこからでもタクシーですぐに帰れる美咲と違い、私の家は神奈川の、しかも、混雑がひどいことで有名な路線上にあった。夜の電車や駅では三回に一回の割合で、大人の粗相《そそう》を目撃して、うんざりした。

家までの道のりが遠く思える日は、友達の家に泊まったりもしていたけれど、それはそれで面倒だった。人の家は落ち着かないし、コテやら着替えやらを持ち歩くのもつらい。彼氏は都内の実家住まいで、お泊まりはいつもラブホテルだった。

「タダで使っていいんですか」と聞くと「たまに掃除とか空気の入れ替えとかしてもらえるなら、全然いい」ということだった。「向こうで僕が住む家の家賃は会社負担だから、どっちみち、家の家賃は帰ってきた時のために払い続けるの。だから、よかったら住んで」

掃除と空気の入れ替えなんてお安い御用だ。私は、翌々日には、森さんの家に鍵《かぎ》をもらいに行った。森さんの家は六本木ヒルズから徒歩十分のマンションの一室で、部屋は、忙しい男の一人暮らしらしく、かなり殺風景だった。

ワンルームに部屋の三分の一を占めるベッドと、作業用デスクと、デスクトップパソコン。小さな本棚には、金融やビジネスの難しい本ばかり。生活の潤《うるお》いを感じさせるような雑貨は何一つなく、本当に、眠って仕事に行くためだけの部屋だった。人生がつまらなそうな男は、部屋もつまらないな、なんて意地の悪い考えがよぎってしまったけれど、変にその人らしさが染み出ている部屋だったら、逆に居心地が悪いかもしれない。べらぼうに稼いでいるにもかかわらず、この人は、悲しいほどに欲が無い。部屋は思ったよりも狭い上に、私の嫌いなユニットバスだったけれど、立地は最高だし、別宅として使うには十分だ。

「このパソコンは置いていくから、これも自由に使って。Wi-Fiのパスワードはこれ。寒くなって、エアコンだけで足りなかったら、クローゼットの奥に電気ストーブがある。今年はまだ使ってないけど」

森さんは、必要なことを一通り教えてくれた。途中、独身の男の人と二人きりで相手の部屋にいるのだ、と気付き、見返りとして何かを求められるんだろうか、と思ったけれど、そういう気配はこれっぽっちも感じなかった。森さんって性欲が無いんだろうか。不思議に思ったものの、その質問をして、微妙な空気を作っても、自分が困るだけだからやめておいた。

「行く前にもう少しだけキレイに片付けておくから。僕は木曜日の昼にここを発《た》つから、その後は自由に使っていいよ」

「気を付けて行ってきてください。楽しんでくださいね」

そう言うと、森さんは、はっとした表情になり、その後、「そうか、楽しまなくちゃだね」とにっこりと笑った。

帰る前に、パソコンのアドレスを知りたいと言われたので教えたら、土曜日の夕方に、森さんからメールが来ていることに気付いた。

友達との連絡はラインばかりで、メールアドレスはほぼ就活用になっていたから、プライベートの連絡がくることは久しぶりだった。

「美幸ちゃん、こんにちは。ニューヨークに無事つきました。たまに美幸ちゃんにメールを送るので、読んでもらえますか？　返事は気が向いたらでいいです。月曜からは研修が始まります。たまに美幸ちゃんの生活も教えてください。では」

メールには一枚だけ写真がついていて、たぶん、ホテルから撮ったものだと思うのだけれど、ニューヨークとおぼしき街の夜景だった。ニューヨークとはどれくらいの時差があるんだろう。こっちが夜の時、あっちは朝なんだろうか。

ラインで既読マークが即座につくやりとりに慣れているせいで、メールだと、ちょっとだけタイムラグがあるみたいな感覚があって、面白かった。メールだって、数秒後には相手に届くのだから、そんな前に書いたものではないとわかっているのに、なんだか、すごく時間を経て私に届いたみたいな気がする。もしかしたら、東京とニューヨークという距離感がそう錯覚させているのかもしれない。

今、メールを読みましたよ、とラインで伝えたかった。だけど、もしかしたら森さんはあえてメールにしたのかもしれない。メールのほうが、森さんにとっては心地いいのかもしれない。

私は、その日の夜、ちょうど森さんのおうちに行く予定を立てていたので、慌《あわ》てずに、ゆっくりと返事を書くことにした。サークルの飲み会を早めに切り上げ、森さんの家についてから、紅茶をいれて、返事を書いた。

せっかくだから、森さんの部屋のパソコンを使わせてもらう。自分がいつも使っているノートパソコンとはキーボードの配置が違うので、打ちづらかった。それに、森さんへの返事を森さんのパソコンで書くというのは、不思議な感覚がした。

「森さん、無事に到着されて何よりです。メールって新鮮でいいですね。ぜひいつでも送ってください。私もせっかくだから、メールでお返事します。写真はホテルから撮ったものですか？　仕事で海外に住めるなんて、羨《うらや》ましいなあ。

今日は、大学に一時間だけ必修授業を受けに行って、あとは図書館で美咲と待ち合わせて、冬のインターンのためのエントリーシートを書いていました。美咲は、ご存《ぞん》知《じ》のとおり投資銀行志望で、私は広告代理店志望です。まだインターンの試験しか受けたことはないのですが、それでも、書類選考や面接って果てしなくて、疲れます。インターンでこれだったら、本番の就活はどうなっちゃうんだろうと、気が遠くなったりもします。この永遠にも思える試験を突破して、社会人になる資格を得て、みんなばりばり働いているなんて嘘みたい。電車に乗っているくたびれたサラリーマン全員が神様に思えてきます。森さんなんて、難関の試験を突破して、高倍率の外銀に入っているだけでなく、何年もしっかりと働いていてすごいです。私も、いつまでも大学生にしがみつかず、ちゃんと仕事ができるように、まずはインターンの選考、頑張ります」

大学生らしさを入れ込みつつ、森さんの疲れを少しでもほぐすようなメールを意識したつもりだ。私なんかにメールを送ってくるということは、きっと何かにすがりたい気持ちなんだろう。ロマンチストな男の自己満足な俺語りに付き合わされるのは大嫌いだけど（飲み会で俺語りをする男に出会った時は、聞くだけ聞いた後、思いっきり美咲とバカにするのが恒例だった）、森さんのメールは、どこかしんみりとしていて、心の奥に自然に沁《し》みとおっていった。

私は、森さんからのメールと、不鮮明な夜景の写真をプリントアウトして、手帳に貼った。

森さんのおうちでの生活は、これまでずっと実家で暮らしてきた私にとって、一人暮らしのプチ体験みたいで楽しかった。部屋を借りていることがバレたら面倒なことになると思ったので、親には秘密にした。もちろん美咲にもだ。内緒にしておく必要もなかったけれど、美咲まで部屋を使いたいと言い出したら面倒くさい。せっかくの隠れ家はあくまで自分だけの場所として使いたかった。

それに、部屋を気前よく貸すなんて、普通なかなかできないことだから、森さんとの肉体関係を疑われかねない。否定すればいいだけの話だけど、そんな風に誰かに思われると、私と森さんの清潔な関係が汚されそうで怖かった。私は森さんの部屋を借りていることも、メールを送りあっていることも、誰にも言わないと決めた。

隠れ家には週に数回、泊まりに行った。飲み会の後、満員の終電に乗らずに済むのは最高だ。翌朝もゆっくり起きたって、一限目の授業に余裕で間に合う。

空っぽの冷蔵庫に、いくつか食材を入れて、部屋で簡単なパスタやサラダを作ったりした。自宅のキッチンは、料理好きな母の聖域という感じがして、料理はほとんどしていなかったけれど、一人で野菜を切ったり麺《めん》を茹でたりしていると、雑念が頭から抜けていって気持ちがよかった。キッチンはほとんど使われた形跡がなく、調味料は塩しかなかったし、ナイフはあったけどまな板が無かったから、簡単なものだけ百円ショップでそろえた。電子レンジはあったけど、トースターがなかったから、パンを焼くときはフライパンを使った。

テレビも無かったので、パソコンで適当な動画を物色しながらごはんにすることが多かった。見たい動画が尽きて、好奇心でパソコンの中の森さんの個人フォルダを開けていったら、「private」というフォルダから、エッチな動画と写真がたくさん出てきた。一つずつ開けていくと、痴漢《ちかん》とかレイプとか、女の人が嫌がっているのに無理やり……というシチュエーションのものが多かった。秘密を勝手に覗いてしまって申し訳ない気持ちが半分と、性欲が全くなさそうな森さんの男の部分を見られて、可愛いと思うのが半分とで、胸がくすぐったくなった。

ちょっとだけ見てやめてしまうのは逆に失礼な気がして、一つ一つ開けて全部見ているうちに、ふと、このフォルダを森さんが残していったのは、私に見せるためでは、という考えが湧いた。私は何かを試されているのだろうか。

それで、凌辱《りょうじょく》している男の一人に森さんの顔をあてはめ、女側に自分をあてはめてみたけれど、しっくりこなかった。私にとっての森さんはやっぱり、性の対象じゃない。

森さんが私に欲情するというのは、受け入れるかどうかは別として、女として光栄なのだけど、どうしてもそういう対象として見られているとは思えなかった。だって、そうだとしたら、今までの行動だってメールだって、あっさりしすぎている。森さんは一体何を考えているんだろう。いつもどんな気持ちでこの家で暮らしていたんだろう。

彼氏にだけは部屋の存在を伝えて、セックスやお泊まりもした。森さんとの関係は疑われたくないので、お金持ちのいとこの家を期間限定で借りているという設定にした。単純で気の良い彼氏は、少しも疑うことなく、嬉々として部屋に現れ「ホテル代が浮いた分、いいごはんご馳走《ちそう》するわ」と言ってくれた。

私たちはお腹が減ると、歩いてヒルズにごはんを食べに行ったりもしたし、同棲《どうせい》気分で、一緒に料理をしたりもした。マンションの横にはコンビニがあったので、肉まんやおでんなどのあたたかいものを買い込んで、部屋でひたすら漫画を読んで過ごすのも楽しかった。インターン選考が迫ると、二人で一緒にこもって、就活対策もした。隠れ家生活、最高だ。

何度も何度もセックスしておいて、こんなことを言うのはなんだけど、実は森さんの家でセックスするのは、あまり気が進まなかった。人の家でのセックスというのは思った以上に落ち着かない。そんなことはありえないとわかっていても、行為の一部始終を見張られているような気になってしまう。森さんが実はそういう趣味の持ち主で、私たちのセックスをリアルタイムで見るための隠しカメラがあったりして……、などと妄想《もうそう》を膨らませて怖くなったりもした。けれど、別に悪いことをしているわけではないし、年頃の女子大生に部屋を貸したら男の一人や二人連れ込むことぐらい、向こうも承知の上だろう。

「美幸ちゃん。写真はおっしゃる通りでホテルから撮ったやつ。ニューヨークでの一枚目の写真を送ろうと思いました。ちょっと酔っぱらっていたから、ブレててごめんね。

インターンの選考、頑張って。就活は僕も嫌々やっていたけど、外銀は、今とは違って人気がそこまでなかったから、英語ができれば通る感じだったような……。僕の場合はやりたいことよりも、自分ができることを優先して受けて行って、あっさりと受かって、何も考えずに働き続けて、気が付けば今って感じです。他の道があったのかもしれないけれど、もしもの可能性を考えるのはあまり好きではないので、縁のあったところがいるべき場所だと思ってがむしゃらにやってきました。

でも、本来は就活って、それまでの人生で一番、自分が何者かを考える時期だよね。気の利《き》いたことは何も言えないけれど、何か相談したいことがあればいつでも言ってください。

僕は場所が変わっただけで、あまり生活に変化はありません。仕事自体は東京にいた頃とあまり変わらないかな。パソコン相手に、数字を読んだり資料を作ったりする毎日です。変わったのは、同僚の言語とランチの場所とスタバのサイズくらい。僕は毎朝ブラックコーヒーを飲むのが日課なのだけど、日本では飲みきれないと思って頼んだことのないサイズが、こちらの一番小さいサイズなので、夕方までデスクのはじっこに冷めたコーヒーが残っています。

仕事が終わるのは遅い時間なので、そこから何かをするのはかなりの気合がいるのだけど、美幸ちゃんが『楽しんで』と言ってくれたのが印象に残っているので、何か自分を楽しませるようなことも、やってみようと思います。今週は街を散歩でもしてみようかな。美幸ちゃんはどんなことをしている時が楽しいですか」

メールを受け取った日は、寒くてストーブを出した日だった。私はまた、森さんからのメールを印刷し、手帳に貼った後に、紅茶をいれて返事を書いた。

「森さん、今日、電気ストーブを出しました。エアコンだけだと、足元が寒くて。冷え性なんです、私。電気代、高くなっていたらすみません。けど、きっとニューヨークのほうが寒いですよね。風邪などに気を付けてくださいね。

私が楽しい時ですか……。改めて考えると難しいですね。就活のための資料を作る時も、いつも思うんですけど、それまで自分がなんとなくやってきたことを改めて、楽しいとか悲しいとかに割り振ったり、理由をつけたり、それがどういうことに役立ったか分析するのって、すごく難しいです。

私が楽しいと思うのは、友達と会っておしゃべりすること。美味しいものを食べること。映画を観ること。本を読むこと。旅をすること。カフェに行くこと。散歩も好きです。でも、公園や緑の多い場所を歩くより、激しい音楽を聴きながら、街の中を歩くほうが好きですね。表参道から赤坂までとか、六本木まで歩いたりもしますよ。あそこらへんは、お店の移り変わりが激しくて、歩くたびに発見があります。

もしニューヨークにいつか行けたら、セントラルパークもいいけど、タイムズスクエアをスニーカーでがんがん歩きたいです。

スタバで毎日コーヒーを買うなんて、オシャレですね。私はせこいので、コーヒーだったら家でも作れるしなあなんて考えて、スタバではいつも凝ったやつ頼んじゃいます。フラペチーノとか、クリームがのった季節限定のラテとか。森さんは、ブラックコーヒー派かもしれないけれど、『ダブルショートソイカフェモカ』が今私のハマっているカスタマイズです。まるで呪文みたいで、これに一体何がどういう風に入っているのかは、実はよくわかっていないのだけど、美咲が頼んでいるのを見て真似したらすごく美味しかったので、気が向いたら試してみてください」

書きながら、森さんはどんな状況でこのメールを読むだろうとわくわくした。できれば、会社でばたばたしている時ではなく、家でくつろいでいる時に読んでほしい。
森さんからは、一週間に一回、土曜日の夕方にメールが届き、翌日か翌々日に私からお返事するのが、パターンになっていた。土曜日の夕方に私がメールをもらうということは、ニューヨークは、金曜の夜……というか正しくは土曜の明け方だ。未来にいる私に向けて、森さんが、過去からメールをしてくれているみたいだ。時差って、時空まで歪めてくれるみたいで、面白い。

「美幸ちゃん。元気ですか。元気ですかって、先週もメールしたから、元気に決まっているだろうけど、他に書き出しが思い浮かばなくて。電気代は気にしないし、そもそも自動引き落としになっているから、いくら払っているか確認したこともないんだよね。しっかり防寒してください。日当たりの悪い部屋でごめんね。僕は元気です。あ、美幸ちゃんの言っていたカスタマイズ、頼んだよ。カスタマイズって初めてしたよ。ネットで調べたら、本当にいろんなカスタマイズが出来るんだね。基本は目を覚ますためだけに飲んでいるので、ブラックコーヒー派ではありますが、たまに気分転換もしてみようと思います。さすが、現役女子大生は、こういうこと詳しいよなあ……。勉強になります。

そうそう、今夜は、世界一美味しいといわれている『ピーター・ルーガー』のステーキを同僚と食べに行きました。美幸ちゃん、お肉が好きって言ってたよね。NYに行く機会があったら行くといいよ。アメリカを代表するステーキハウスだから。分厚くて食べごたえのあるTボーンステーキを食べながら、ああ、今ニューヨークにいるなあ、としみじみ思いました。僕は小学校から高校卒業まで、ロスの学校に通っていたから、アメリカはふるさとと呼べなくもないと思うんだけど、ロスとニューヨークは全然違う。ほとんど別の国です。時間の流れ方も全然違うな。ニューヨーカーは喋るスピードもすごく速いです。たまに、仕事中にふと我に返って、人生を早回ししてるんじゃないかという気になります。

美幸ちゃんは情報通だから、ピーター・ルーガーも知ってたかな。もしも行ったことがあったらごめんね。

ステーキを食べた後は、雰囲気のいいバーで何杯かひっかけてから、部屋に帰って、ゆっくり湯船につかりました。そうすると少しだけ、人間に戻ったような感覚になりました。美幸ちゃんはどんな日々を過ごしていますか？　こんなおじさんの自己満足なメールに付き合わせてごめんね。独り言を書くあてがないから、美幸ちゃんに送っちゃっています。SNSか日記に書けばいいのだろうけど、うちの会社はSNS禁止だし、日記みたいに、誰にも見せないものを書くのはどうも気が進まなくて。別に死ぬ予定は全然ないのだけど、僕が突然死んだとしたら、僕が僕だけのために書いた日記は、誰の目にも触れないまま捨てられる可能性がある。けれど、こうやって誰かに伝えておけば、誰かの心の中に、僕の記憶の断片が残るよね。その外付けハードディスクの役割を美幸ちゃんに負わせて申し訳ないけど、もし迷惑じゃなかったら、僕の自己満足にもう少しだけ付き合って下さい。

はた目には、楽しみの少ない毎日に見えているかもしれないけれど、少し、自分で楽しさを見つけられるようになりました。今日のこのことを美幸ちゃんに伝えようかな、と思うことで、生活の中のハレの部分を見つけることが出来るし、それは、僕自身の心のバランスを保ってくれます。また書きますね。では」

このメールを読んだ時、一瞬、この人、近いうちに自殺でもするのかと、心配になった。でも、落ち着いてもう一回読み返すと、死にたいんじゃなくて、生きたいんだとわかった。

大人って、意外ともろいんだな。

どこからどこまでが大人かというと、ものすごく曖昧《あいまい》で、自分だって成人はしているんだから大人といえば大人なのだけど、社会人は、もう少しレベルが上の、大人の免許皆伝版だと思っていた。だからこそ森さんのもろさが愛おしい。エントリーシートを書きながら、完璧を演じなければいけないと思っていた私に、大人なんて完璧じゃなくていいと教えてくれているみたいだ。

頼ってくれてありがとう、と思った。偶然出会っただけの、素性もよくわからない小娘なのにね。私みたいなものに森さんが命綱を預けているとしたら、私は喜んでその綱を掴んでおきたい。そして、願わくは、私よりも頑丈な杭《くい》を見つけて、そこに森さんの命綱を、絶対に外れないようにぐるぐるに巻いて固定したい。

「森さん、メールありがとうございます。私は元気です。森さんのほうこそ元気がなさそうで心配です。お仕事つらくないですか。私みたいに事情のよくわからない女子大生には、お仕事のつらさは想像することくらいしかできませんが……。

『ピータールーガー』のことはネットで何度か見て知っていましたが、もちろん行ったことはありません。あんな大きなステーキ、食べてみたいです。六本木にある、似たようなステーキハウスに一度、連れて行ってもらったことがあったけど、きっと本場は味も雰囲気も違いますよね。森さんは自己満足と言いましたが、私は森さんからのメールが楽しみです。次のメールも待っています」

楽しみですと書いたにもかかわらず、翌週の土曜日は、森さんから返事が来なかった。メールが来ないことにそわそわしながら週末を過ごしたけれど、もしかしたら仕事が忙しくてそれどころではないのかもしれないと思った。きっと落ち着いたら思い出して、返事を書けなかった理由を、メールしてくれるはずだ。

そして、月曜日。飲み会の前に髪の毛を巻こうと思って部屋に寄ったら、ベッドの上に森さんがいた。すごくびっくりしたのと同時に、予感が当たったような気もした。

森さんを見た瞬間、ゴミ箱に彼氏と使ったコンドームが入っていなかったかとか、下着を出しっぱなしにしていなかったかとか、心配事が次々と浮かんだけれど、ちょうどゴミは捨てたばかりだったし、下着は乾燥機付きの洗濯機に入ったままだった。

「突然家にいて、ごめん。帰ってきました」

「予定より、早すぎませんか。びっくりしました」

心臓がドキドキといつもより速く鳴っていた。何も後ろめたいことが無かったからよかったものの、帰る前に教えてほしかった。前触れが無いと、人は目の前のものがなかなか信じられないみたいで、私は森さんのことを、幽霊じゃないかと疑い、足があることを何度も何度も確認した。

「仕事、やめようと思って」

森さんは、さみしそうに言った。その一言でいろいろと察した。限界ぎりぎりのところで、森さんは今まで必死で頑張っていたんだな、と思うと、胸がいっぱいになって、どうにかして彼の心を癒《いや》してあげたいと思った。

正直、森さんが望むなら、森さんと寝てもいいと思ったのだけど、やっぱりそんなことを欲している気配は全くなかった。欲しがってくれたら私も気が楽なのに。でも、森さんはそんなもの全然欲しくなさそうだった。

森さんと寝ること自体は全然嫌じゃなくても、自分から差し出すほど森さんの体が欲しいわけでもない。

どうしていいかわからないから、私は森さんを包み込むようにハグをした。一応、私の想いは伝わるように、おっぱいを意識的にぎゅっと押し付けたけれど、やっぱり男の人としての反応は無くて、必要なのは男女の結びつきではないのだと改めてわかった。

「あの……」

何か言いたいのに、どんな言葉をかけていいかわからず「元気でいてくださいね」とだけ言う。

「ありがとう」

森さんは、されるがままの格好で答えた。

「森さんは、恋愛とかしなきゃダメですよ。楽しいことはいっぱいあるのに。お金もたくさん持ってるのに。そんな不幸せな顔して」

「恋って気力がないと出来ないんだよ。そういう気力が、もう何年か、本当になくて」

「大丈夫です。少し休んだら、きっと誰かに恋したくなる日が来ます。本当に本当に本当に、つらくなって、折れそうで、どうしようもなくなったら、私にまたメールください。その時は会いましょう。何ができるかわからないけど」

「気を遣わせて、ごめんね」

「私がそうしたいんです。部屋を借りたお礼とはまた別。私、森さんの非常用ボタンになります。呼び出されたらいつでも登場します。でも、そう簡単に使えないルールにしましょう。『美幸ボタン』、いつでも使える代わり、人生で一回しか使えないことにしませんか。森さんがこの先の人生で、もう誰にも頼れない、無理だと思った時は、遠慮なく私のこと呼び出してください」

おどけて言うと、森さんはかすかに笑ってくれた。

「ありがとう、その気持ちだけで十分だけど、すごく救われる」

私は、森さんがだらりと床についた両手を持ち上げて、膝《ひざ》の上で、自分の両手を重ねた。冷たいのかと思ったら、手はあたたかかった。森さんの心臓は勢いよく、ちゃんと、ドクン、ドクンと動いているのが、指先を通して伝わってきた。

「今、実は、泣きたいような気持ちなんだけど」

「はい」

「なんか、涙も出てこないんだ」

「いつか出ます」

「美幸ちゃんにはすごく感謝してるんだけど、うまく伝えられずにごめん」

「伝わってます」

私はこの一ヵ月、お守りのように持ち歩いていた森さんの家の鍵を、森さんの手に返した。

「これ、お返ししますね」

「うん」

私は、部屋中に散らばっていた、私がここで生活していた痕跡を一つずつ回収した。下着、コテ、百円ショップで買った料理グッズ、リクルートスーツ、黒いハイヒール、シャツ、ネックレス。

そしてそれらを、大きな袋に、雑に詰めた。

「冷蔵庫のバターとヨーグルトの残りはあげます。バター、高くていいやつなので、捨てないでちゃんと使ってください。あと、トースターを絶対買ったほうがいいです。私は、ここでよくバタートーストを作って食べてました。いいバターを使うと、美味しいんです。朝に食べると、いい一日が始まるような気がしますよ」

「わかった」

「じゃあ、また、いつか。一ヵ月、お部屋を貸してくれて、本当にありがとうございました」

「こちらこそ、借りてくれて、ありがとう」

最後に、もう一回だけ、森さんとハグした。

「森さんは、疲れているだけです。ちゃんとお風呂に入って寝てくださいね」

「美幸ちゃんって、お姉さんみたいなこと言うね。僕よりずいぶん年下なのに。そうするよ。ありがとう。本当に、いろいろ、ありがとう」

森さんは、部屋から私が立ち去るのを、魂が抜けた人みたいにぼうっと見ていた。外に出た瞬間、冬の空気が頬を一気に冷やして、夢から現実に戻ったような気持ちになった。


それから森さんがどうしたかは知らない。

美咲は、案の定、星野さんにいろんな外銀の人を紹介してもらってはいたけれど、コネは使わず正々堂々と戦って、森さんよりも星野さんよりもお給料が高い、業界最大手の外資系投資銀行の内定を見事勝ち取った。

私は私で、ちゃんと、行きたかった代理店の内定を取れた。二年間付き合った彼氏とは、就活をきっかけにぎくしゃくして別れてしまった。彼は、希望していた商社と広告代理店に落ちてしまい、会うたびに卑屈《ひくつ》になり、私もなんて声をかけていいかわからなかったのだ。それだけのことで、二年間の濃密な関係がダメになるなんて信じられなかったけれど、それだけでダメになった。

森さんの心をあんなに癒してあげたいと思った私なのに、就活に失敗した腹いせで私にあたってくる彼氏の心はどうしても癒せなかった。彼が「なんでお前が受かって俺が落ちるのかわからない」と言ったことがあって、私も、彼の優秀さは知っていたけれど、それを言われたとき、「この先の人生はこの人と一緒にいないだろうな」とはっきりとわかった。

彼はその後、辞退した内定者の枠を埋めるための二次募集で、地方の放送局に内定したと噂で聞いた。

森さんから連絡が無いのは、きっとどこかで頑張って、ちゃんと生きているからだと思っている。そろそろ、泣いたり、恋したりして、忙しくしていてほしいなあと思う。

友達なんかじゃない

十七歳の夏休みに、私はパナマに留学しました。

とある国際団体が主催している、パナマへの短期留学プログラムに応募したんです。試験に受かれば自己負担たったの十万円で、三週間ホームステイしながら現地の高校に通えるというお得なプログラムでした。

安く海外に行ける方法を探すのは、旅好きの私の特技です。南米に行こうと思ったら、時期によっては飛行機代だけで三十万円近くかかってしまうのではないでしょうか。まぁそもそも、日本から南米に行く人の多くはマチュピチュやナスカの地上絵やイースター島のモアイ像を目的にしているでしょうから、パナマの位置なんてよくわかっていないと思います。私もこのプログラムの募集をみつけるまでは、パナマがどこにあるかなんて知りませんでした。けれど、だからこそ行ってみたいと思ったんです。こういうことでもなければ、この先の人生でパナマに行く機会なんてないでしょうから。

試験は簡単な筆記試験と面接に加えて、学校からの推薦状を出すだけ。全国からたった二名しか合格者は出さないということでしたが、あまり広告を見かけなかったので、応募者も少ないだろうと踏んでいたら予想通りでした。私は無事に二名のうちの一名に東京都から選出され、もう一人の合格者である真面目そうな静岡県の高校生・佐久間公平《さくまこうへい》君と一緒に、パナマに三週間行くことになりました。

一緒に行く相手が男の子と聞いた時は、あわよくば海外体験だけでなく、ひと夏の楽しい恋が期待出来るかもと浮かれましたが、佐久間君は残念ながら、恋の相手になるようなタイプではありませんでした。

私は面食いです。そして、細マッチョと呼ばれる筋肉がほどよくついた細身の体で、中性的な顔つきが好きです。けれど佐久間君は全体的にむっくりとしていました。目をあけているだけでしんどそうに見える一重も、ゲジゲジの眉毛《まゆげ》も、鼻の横にぷっくりと出来たニキビも、中年のおじさんのようにだらりとたれた下っ腹も、とても愛せそうになかったので、私は彼を一目見た時からパナマでの生活に集中することを誓いました。

今もたぶんそうだと思いますが、日本からパナマへの直行便はないので、私たちはアメリカのアトランタで乗り換え、半日以上かけて現地に向かったのです。コーディネーターさんの付き添いなどはなく、佐久間君と二人だけの旅でした。成田からアトランタへの便では、機内食が一回も出たというのに、途中のアトランタで佐久間君は、ハンバーガーとバケツのようなカップに入ったコーラを注文しました。お腹は減っていませんでしたが、本場のハンバーガーはとても美味しそうに見えました。けれど、佐久間君はぺろりと食べ終えてしまったのです。普段私が高校でつるんでいるような気の利く男子であれば、私が興味を示すかどうかは関係なく、必ず「一口いる?」と礼儀として聞いてくれたはずです。そういう気遣いの無いところ、周りに気が配れないところが、佐久間君がモテない理由だと思います。きっと女の子との経験もまだなのでしょう。私は、十五歳になってすぐに初めての彼氏とそういうことは済ませていました。

私はハンバーガーにかぶりついて、口の周りを汚している佐久間君を横目で見ながら、日本に残してきた今の彼氏の裕樹《ゆうき》のことを考えていました。帰国してから彼に、佐久間君のことを面白可笑《おか》しく話してあげようと思って、いつも持ち歩いているノートに「童貞はハンバーガーの食べ方が雑」と書いたりしました。

アトランタの空港も、その後に乗ったパナマ行きの飛行機も凍《こご》えるほどに寒かったのですが、パナマに到着して飛行機を一歩おりた瞬間、熱気が私を包んだので、着ていたパーカーを脱ぎました。数歩歩くと額に汗がにじみ、南国に到着した実感が湧きました。佐久間君はというと、隣でみっともないくらいに汗をかいていて、まるでサウナから出てきた人みたいでした。だから、童貞は嫌なんです。

私がホームステイすることになったゴメス家には英語が喋れるマルタというお姉さんと、スペイン語しか話せないマドレがいました。マドレというのは、「ママ」という意味のスペイン語です。本当の名前はエムから始まっていたはずですが、数回しか聞いたことがなかったので忘れてしまいました。それからマドレと同じく、スペイン語しか喋れないケビンという五歳の、お腹がぷよんと飛び出た男の子もいました。家には小さなキッチンと、リビング兼ダイニングと、お姉さんのマルタの部屋と、マドレとケビンのための寝室があって、私は滞在中、マルタの部屋を使わせてもらうことになりました。私が滞在している間、マルタは、マドレとケビンの部屋で一緒に寝てくれていたみたいです。

シャワーとトイレは家に二つずつあったのですが、どちらも水しか出ませんでした。赤道に近く、一年中あたたかいパナマでは、お湯が出るのは一部のお金持ちの家だけらしいのです。どの水場も蛇口は一つで、お湯マークの蛇口は家の中に存在しません。いくら暑いといっても、冷たい水でシャワーを浴びると、心臓がきゅっと縮こまって、鳥肌がさあっと全身を駆け抜けるんですよ。水シャワーには滞在中に慣れることはなかったけれど、浴びた後は体の芯《しん》がポカポカとして頭も冴えわたるので、ゴメス家の人たちと同じように一日に二、三回浴びるようにはしていました。体をふいたタオルは、「三日に一回洗えばいい」ということだったので、ベッドのフレームにかけて乾かしながら使い続けました。自宅ではタオルは一回使うごとに洗っていたので最初は不潔に思えたけれど、現地の習慣なのだと自分を納得させました。

もう一つ慣れなかったことといえば、トイレの水を流さないことです。最初は物忘れの激しいマドレがうっかり流し忘れているだけだと思ったのですが、小は数人分ためてから流すのがこちらでの普通だとわかりました。それくらい水は貴重みたいですね。

他にもいろいろなところで習慣の違いを感じました。家族揃っての食事の習慣がないことには驚きました。朝も昼も夜もそれぞれがお腹がすいたと感じたら、冷蔵庫から食材を取り出して、勝手に調理して食べるんです。食事で揃わないとなかなか家族全員で話す機会ってありませんよね。だから、パナマではいわゆる家族団欒の場所に居合わせたことはありません。食事の時にお茶ではなくジュースをごくごく飲むことも、日本の我が家では絶対にやらないことです。私はジュースとごはんは合わない気がして、食事の間は水を飲むようにしていました。私以外のみんなは冷蔵庫の中に常備してあるパッションフルーツのジュースと牛乳を飲んでいました。牛乳はケビンがそのまま飲むか、マルタがシリアルにかける用です。パッションフルーツジュースは、みんなが水のように飲んでいましたが、調味料としても使っていました。ゴメス家だけだったのかもしれませんが、生のレタスときゅうりの輪切りにパッションフルーツジュースをかけたものが、何度かサラダとして食卓に上がりました。マドレが家で作ってくれたのはそれだけです。

私は、食パンを玉子と一緒に焼いて食べるのがお気に入りでしたが、それを作ると必ずケビンが一口ちょうだい、と言って寄ってきます。トースターのない家だったので、マドレもマルタも面倒なのか、食パンはトーストせずにそのまま食べていました。確かに、いちいちフライパンを出してパンを焼くのは私にとっても面倒でした。おまけに、コンロに火をつけるのがこれまた難しかったんです。日本では、スイッチをくるりと回すだけで、パチパチと火花がちらついて、すぐに火がつきますが、ゴメス家では、ガス栓を回した後マッチをいちいちすって着火しました。せめてライターならよかったのに。マッチはたまにしっけていて、おまけに粗悪品なのかなかなか火がつかなくて、パンを焼くのをあきらめた日もあります。

ケビンは、焼いたパンのほうが好きそうでしたが、自分ではまだ火が使えないので、我慢するしかないのです。ここでは子育ても、良く言えば自由、悪く言えば放ったらかし。ケビンはいつも一人で遊んでいました。ケビンが他の子供と関わっているのを見たことがありません。私も、ホームステイだからといってお客さん扱いはされず、掃除や洗濯などの家事を手伝わされました。

一緒にパナマに来た童貞の佐久間君は、私とは正反対の裕福なアロンソ家にステイしていました。佐久間君にあてがわれた部屋は、ふかふかのベッドがある客室だというし、シャワーは当然お湯も出るし、私のところみたいにトイレの一角が区切られて小さなシャワースペースになっているわけではなく、湯船のついた立派なお風呂だということでした。食事を毎晩家族揃って食べるどころか、日曜日にはみんなで早起きして教会に出かけるそうです。それを聞いて、佐久間君がますます憎らしくなるほど、羨ましくなりました。

教会から帰ってきたらみんなで映画鑑賞などもするらしく、どうやら、家族団欒がないのはゴメス家の習慣というだけで、パナマの一般家庭が全てそうだとは限らないことがわかりました。

そして私は、自分が食べるごはんやその材料は自分のお金で買っていたけれど、佐久間君は何もかも、ホストファミリーのおごりだそうです。家事はすべてメイドさんがやってくれるし、家族の人はみんな英語を喋れて、意思疎通は英語で出来るとか。

最初はその話を聞いて羨ましく思い、ハズレクジをひいてしまった気になったけれど、現地の暮らしをちゃんと体験出来ているのは私のほうだ、とポジティブに考えるようにしました。

それにスペイン語の上達も、私のほうが早かったです。基本の挨拶と一から二十までの数の数え方とよく食卓に登場する食べ物と飲み物の名前は、最初の一週間ですべてマスターしました。

幼稚園にも行かず、なぜか一日中家にいるケビンが、私のスペイン語の先生になってくれました。大人たちが発音が悪くてもその単語を覚えたというだけで褒めてくれるのに対して、ケビンは子供ならではの根気強さとまっすぐさで、発音がぴったり合うまで、その単語を私に繰り返し発音させます。この、誰よりもスパルタな先生が要求する授業料は、私が日本から持ってきた「一平ちゃん」でした。彼は一度食べさせてあげた「一平ちゃん」のとりこになり、「ヤキソバ」という日本語だけは覚えたたんです。

マルタもよく私にかまってくれたほうだとは思うけれど、スレンダーで美人な彼女は、いつもデートで忙しそうでした。大抵、朝に出かけたら夜遅くまで帰ってこず、ほとんど家にはいません。たまに夜も帰ってこないと思ったら、私が部屋を使っているという理由で、彼氏の家に泊まっていると聞きました。私とそういくつも年が違わない彼女が奔放《ほんぽう》な生活を送っていることにも、それを受け入れているマドレにもびっくりしたけれど、彼氏とはあくまで清潔な関係らしかったのが、また不思議です。一度、そのことについてマルタにストレートに聞いてみると「私はクリスチャンだから婚前交渉はしない」ということでした。「破ってしまおう、と思うことはないの？」とさらに踏み込むと、ただでさえ大きい目を丸く、くるりと回して、「一度もないわ。どうして？」と驚いていました。私はある意味、マルタより大人の階段の一つ上にいるわけですが、なぜだか、私のほうが下にいる気がしました。いずれにせよ私がそういうことを経験済みだということは、隠したほうがよさそうだと察知しました。

現地の学校に通い始めたのは、滞在四日目からです。

公用語がスペイン語だとはいえ、高校生なのだから、みんなとは英語で意思疎通が出来るんだろうと最初は高をくくっていました。けれどそれは大間違いで、学校では、先生も生徒も、誰一人として、英語を理解してくれませんでした。通じるのは、「ハロー」「サンキュー」「グッバイ」くらい。

意思疎通が出来ないことがどんなに大きなストレスか、この時私は初めて知ったかもしれません。パナマというのは私が思っていた以上に閉じた国だということがわかりました。日本でも、地元の公立高校に行けば、みんなの英語の程度は低いのかもしれませんが、中学から私立校で英語の授業を受けていた私は、自分の環境を恵まれていると認識出来ないほど恵まれていたともいえます。

言葉が全く通じないことは、不便とかそういう次元を超えていました。「美味しいね」とか「楽しいね」とか、ささやかな感情が目の前の相手に伝わり、共有できることがどれほど貴重かを私は知りました。

何一つとしてわからないスペイン語の授業は、ノートに絵を描いたりしながらただ聞き流す時間になりました。教師も英語がわからないので、私に愛想よく笑いかけてはくれるものの、質問をしたり、特別に何かをしてくれることはありませんでした。ただ「そこにいる人」として私は扱われたのです。絵を描いていてもしょうがないので、途中からは日記を書くことにしました。私が後々になってもパナマ滞在中の些細《ささい》なことをちゃんと思いだせるのは、その時に書いていた日記のおかげです。

　最初の授業が終わったあと、あまりの退屈さにトイレに行きがてら、隣のクラスの佐久間君の様子を見に行ったら、佐久間君はクラスの中心の輪に難なく入っていました。

「佐久間くーん」と呼びかけると、相変わらず汗だくの顔で、こちらに手を振ってくれました。隣には信じられないくらい美形の男の子がいました。

「ハルナ、元気？」

　こちらの人がファーストネームで呼び合うのをいいことに、佐久間君は気安く私を下の名前で呼んできます。

「元気じゃないよ！　授業が全部わからなくて退屈で死にそう」

「そっかぁ。俺はアルベルトが結構訳してくれるから、今のところ楽しいわ！」

　美形君はアルベルトという名前で、英語が喋れるそうです。

　唯一わかりあえる仲間だと思っていた佐久間君が何不自由なく学園生活を送っていることを知り、私は裏切られた気持ちになりました。同じ十万円を払っているのに、私は貧乏な家で冷たいシャワーと孤独に耐え、日本や日本語を恋しく思いながら過ごしているのに、佐久間君は贅沢に暮らして、パナマでの生活を満喫《まんきつ》しているのです。

不公平にもほどがあります。

「アルベルト、放課後、時間はある？」

「イエス、コウヘイ。映画でも観に行こう」

この流れで私も誘ってくれることを期待したのに「何観ようか」と二人だけで行く前提で話を進め始めたので、目的地である女子トイレへと向かいました。

ところがトイレを覗くと、詰まりに詰まった汚物とトイレットペーパーが散乱していて、心がますます萎《な》えました。トイレが近い私は、休み時間ごとにトイレにこもることで他のクラスメイトとの接触を最小限に抑えようとも思っていたのですが、それすら出来なそうです。それよりも今、どの個室に入るのが正解なのかがわかりませんでした。どの個室も等しくひどい状況です。他人の汚物が溢れかえったトイレで、一体どうやってみんな用を足しているのでしょうか。途方にくれてうろうろしていると、トイレに入ってきた金髪でメガネの女の子が、「アー！」と私のほうを指さしました。

「ハポネサ!!」

日本人、という意味です。間違いではないけれど、人種で呼ばれることにあまり良い気はしません。何も答えずにいると、金髪の子は私の顔と汚いトイレを交互に見て

「ノー！」と言い、私の腕を掴んでトイレから引きずり出しました。その手は、ぐっちょりと汗で濡れていて、私の腕の上でぬるりと滑りました。

彼女は自分を指さして「アイム、ジェニファア！　ジェ、ニ、ファー！」とまるで怒ったような口調で言います。

「ノンブレ（名前）？」と確認すると、彼女は、「シー（そう）！　シー！」と口角を上げ、二回ゆっくりと頷きました。

「セルビシオ！　セルビシオ！　バーニョ！」

私は、覚えたてのトイレという言葉を連発しました。セルビシオもバーニョも、トイレという意味です。肌感覚ですが、日本語に置き換えるとセルビシオがお手洗い、バーニョがトイレというニュアンスだと思います。

ジェニファーは「アアー！　アイノウ（わかってる）！」と英語で言って、汗ばんでいる手で私を再び掴み、別の階のトイレに連れて行ってくれました。

トイレに飛び込むと、「ディス……ノー、ディス……ノー」と片言の英語を喋りながら一つずつ個室をあけていき、最後の個室をあけると「イエス！」と私を手招きしました。そのトイレは、キレイとは言えないまでも我慢できるレベルだったので、

「グラシアス（ありがとう）」とお礼の言葉を述べた後、鍵をかけて用を足しました。

その間に始業のベルが鳴ったので、まずいなぁと思いながら個室を出ると、ジェニファーはまだ待っていてくれました。

すでに教師が授業を始めている教室に、私を引き連れて堂々と入って行ってくれたのです。教師が何事か彼女に話すと、彼女は先ほどの片言からは想像も出来ないくらい早口のスペイン語でベラベラベラと返します。私は耳をすませて聞いていたけれど、「ミ（私）」という単語と「バーニョ」という単語の二つしか、聞き取れませんでした。教師が何事か促《うなが》すと、ジェニファーは教室の一番後ろの席に座り、私にも英語で「シット・ダウン！」と言ってきました。これは、直訳すると「座れ！」という命令形なので、少しイラッとはしたけれど、英語のネイティブではないから、しょうがないと自分に言い聞かせました。彼女が席に座って初めて、私と同じクラスだということがわかりました。

ジェニファーはそれから、休み時間ごとに私に「バーニョ？」と聞いてくれるようになり、私は安全なトイレが使えるようになりました。この学校は休み時間が異常に短く、ジェニファーと私がトイレに行っている間にチャイムが鳴ってしまうことが何回もあったけれど、ジェニファーが何事か教師に言うと、咎められることはありませんでした。

けれど、それはそれで嫌だったんです。ジェニファーがどんなふうに教師を説き伏せているのか私にはまったく理解はできませんが、先生に、私をトイレに連れて行ったから、授業に遅れたと言っていることは想像できます。

汚いトイレが嫌だから、キレイなトイレを探していて時間がかかるのだと正確に伝わっているだろうか。毎回、大きいほうのトイレに行っていると思われていないだろうか。ちゃんと自分の言葉で正確に伝えたいという気持ちが大きかったけれど、そのためには、スペイン語を上達させる必要がありました。その日のノートに私は、佐久間君のどんくささと、ジェニファーという新キャラの特徴をつらつらと書き連ねました。二人の共通点は体型のだらしなさと、恋愛っけのなさです。日頃から、モテる人はコミュニケーション能力が高いと思っていましたが、モテない人はやはりどこか足りないところがあります。佐久間君もジェニファーも、きっといいやつではあるけれど、あと一歩、相手への気遣いが足りません。私は裕樹のことを思い浮かべて、裕樹の好きなところを箇条書きにしました。次にネットカフェを使えるタイミングで、裕樹にこれを送ってあげようと思いながら。当時は持ち歩ける個人用のWi-Fiもスマホも、今みたいに普及していなかったので、街にあるネットカフェに、マドレがたまに車で連れて行ってくれました。

日を重ねるごとに、私はジェニファーがクラスの中でどんな位置にいるか察しました。彼女は、どうも人より理解や行動が遅く、そのせいで馬鹿にされていて、クラスでも浮いているようです。国が違っても、人の本質や人気者と嫌われ者の条件ってそんなに変わらないものですね。そして言葉の意味はわからなくても、相手がおかしなことを言っているという違和感や、受け入れられていない空気というものも伝わってきます。露骨《ろこつ》なイジメはなかったけれど、ジェニファーがクラスに溶け込んでいないことは日に日に肌で強く感じるようになりました。

次第に私は、なぜジェニファーが積極的に私の世話を焼きたがるのかを理解しました。私はジェニファーが初めて手に入れた、ちょっと自慢出来る友達なのでした。

意思疎通を図ることは出来なくても、クラスメイトは私を日本人というだけで一目おいてくれていたようです。だから、トイレに行かない休み時間に、女の子たちはだんだん私に喋りかけてくれるようになりました。

私は、常ににこやかにして話しかけやすい雰囲気を出すことを心掛けていたし、英語には自信がありました。彼女たちは、知っている英単語を全て駆使しながら、私の世話をしきりに焼きたがっていたと思います。ただし、私の横には常に、親衛隊のようにぴったりとジェニファーがついていたんです。誰か特定の子と私が何往復かの会話をするとジェニファーは決まって会話に割り込んできて、「バーニョ？　ノー？　イエス？」などと言いました。最初はありがたく思ったジェニファーの親切も、なんだか疎《うと》ましく感じました。私は、クラスのジェニファーよりも美しくて人気のありそうな女の子たちと、もっと喋りたかったんです。なぜなら、彼女たちと私はレベルが同じだからです。

私が本来いるべき場所に、自分の身を置こうとすると、なぜかジェニファーが邪魔をする。ジェニファーのせいで、私に喋りかけることを控えている子も、たくさんいるように思えました。

私はそんな時、相手の心に届くように見つめるのでした。

「違う。ジェニファーは友達じゃないの。私は本当はあなたと喋りたいのに、この女が邪魔をするのよ。本当にうっとうしい」

すると、相手は、同情するような申し訳ないような顔で私を見つめ返すので、私の気持ちは少しだけ救われました。日本だったら、私がジェニファーレベルの女の子と関わりを持つようなことはないのです。私はやっぱり、損をしている気持ちになりました。

ジェニファーが私の名前を正確に発音できないことも癇《かん》に障《さわ》りました。

私の下の名前は春奈というのですが、「ハルナ」というのは外国人にとって、どうも発音しづらいようです。マドレもジェニファーも私のことを「サルナ」と呼ぶし、他のクラスメイトも「ホワルナ」とか「アルナ」とか、それぞれに間違っていました。はじめ、私は名前を間違えられることが嫌でしょうがなく、特に「ハル」が「サル」になるのが嫌で、いちいち訂正していたけれど、途中から諦めました。どんなに間違っていても三週間の辛抱なのです。この人たちと永遠に付き合うわけじゃないと思ったら、いろんなことに諦めがつきました。

佐久間君は、さえない童貞男のくせに、英語を使う時だけは違う性格が乗り移るようで、どうってことのない会話にいちいちオーバーリアクションで参加していました。英語を使う時だけ明るくなるって、ださくないですか。私はそういう人は苦手です。見ていてこちらが恥ずかしくなります。けれど、そんな佐久間君は「ノリのいい日本人」として、アルベルト以外のクラスメイトにも徐々に受け入れられていったようです。というか、アルベルトが懸け橋になってくれて、クラスの人気者メンバーたちとつるむことができているので、トイレに行きがてら見に行くと、佐久間君はいつも人気者らしき男の子たちに囲まれて、豪快に笑っていました。

世界の裏側では、いろんなものが逆転してしまうのですね。日本では明らかに陰キャラな佐久間君が、クラスの中心で人気者になっていて、私がクラスの隅っこに追いやられるなんて。私は、どうもこの国とは相性がよくないと思いました。パナマなんて嫌いです。来る前の私はパナマに歓迎される気がしていました。もっと自分らしく振る舞えて、充実した毎日を送れると思っていたのです。そのあてが外れました。三週間なんて語学の学習にも現地の風習を吸収するにも足りないと思っていましたが、むしろ多いくらいでした。夜になると家族と裕樹のことばかり考えてしまい、ホームシックというものを知りました。こうしている今、体も心も図太い佐久間君は柔らかいベッドで寝ているのだと想像したら憎たらしく感じました。私のベッドは硬くて冷たくてシーツも布団もない、囚人が寝るようなベッドでした。さすがに風邪をひきそうなので、いつも乾いたバスタオルを巻き付けて寝ましたが、かけ布団がないこともゴメス家では当たり前でした。隣の部屋からマドレの歯ぎしりとケビンのいびきが聞こえてきて、彼らの無神経さにほとんど感動しました。

夜、寒さにふと目が覚めるたびに、私はここにいるはずのない人間なのだという理不尽を噛みしめ、ますます眠れなくなるのでした。

学校でも家でもない場所に行きたくなった時、私はよく散歩をしました。家の周りは、面白いものなんて特にないただの田舎道だったけれど、徒歩十分の場所にスーパーマーケットがあったので、そことの往復が私の日課でした。

スーパーまでのアスファルトの道の両側には、ヤシの木や南国っぽいぐにゃぐにゃした木が並んでいました。途中に流行っていないガソリンスタンドがあるだけの退屈な道です。ただただ暑くてポーチの中からハンドタオルを出して、何度も鼻の頭に浮いてくる汗をふきました。スーパーについて、ひんやりした空気にあたると、いつもとても安心しました。

色とりどりのフルーツや、スペイン語が書かれた鮮やかなパッケージや、陽気な色の雑貨。スーパーの中は色が渋滞を起こしていました。私はそこでよく、安くてお財布の負担にならない惣菜を自分のために買って帰りました。バナナの揚げ物、焼き飯のようなもの、体に悪そうなほど鮮やかなピンクのお肉、べっとりと油が染み出しているドーナツ。どれもジャンキーで最高でした。

おやつには、ピファという名前のオレンジ色の実をよく買いました。現地のフルーツだと思い込んでいたけれど、マドレにネットカフェに連れて行ってもらった時に調べたら、ピファの正体はヤシの木の実ということでした。スーパーで売っているものは、あらかじめ塩茹でしてあって、家では温めなおして、皮をむいて食べるのです。すると、中からほくほくした、まるで栗と芋が混ざり合ったような実が現れます。

パナマにいる間の私の娯楽は、このスーパーへの往復だけでした。

そういえば、スーパーの帰り道では、一度イグアナと遭遇しましたよ。お互いに相手の出現に驚き、数秒ほど見つめあった後、イグアナはゆっくりと私を無視しました。イグアナを動物園以外で見たのは初めてでしたが、ふてぶてしいんだな、という感想を持ちました。怖かったので触りませんでしたが、頬のあたりがヒクヒクと動いていて、意外に柔らかそうだという印象を受けました。トカゲみたいな生き物がひからびて、道の脇で死んでいた記憶もあります。イグアナもトカゲも生きているのが面倒そうで、自分の運命にうんざりしているように見えました。

とにかく、外は暑くて焼けるようでした。ゴメス家の人たちは滅多に家から出たがらず、どこへ行くにも車でしたが、それは、あの暑さを逃れるためだったのかもしれません。ただの怠惰な家族だったという可能性もありますが、あの人たちが一体何で生計を立てているのかが全くわかりませんでした。私の滞在費は、私をパナマに派遣した団体から出ているはずでしたが、それだけで暮らせるはずがありません。パパは死んでしまっていないとマルタが言っていたので、稼ぎ頭はマドレなのでしょうけれど、マドレが働いているのはついぞ見たことがありません。マドレもマルタもケビンも、薄暗い家に一日中いて、窓からの風をあびたり、ＣＤで音楽を聴いたりしていま

した。気が向いたらごはんを食べて、家事をして、シャワーをあびてと、まるで隠居

老人の生活です。日本の学生よりも、パナマの大人のほうがよっぽど暇人ですよ。私

は「この人たちはなんでこんなに時間があるんだろう?」といつも不思議に思ってい

ました。この人たちにとっての「生きる」と日本人にとっての「生きる」は、きっ

と、かなり意味合いの違うものなのだと思います。

本当に、私はいったいあの夏、何をしていたんでしょうか。パナマで「遊んだ」という記憶がありません。きっと探せばクラブとかもあったんだろうし、現地の遊び場をもっと積極的に開拓すればよかったと今では少しだけ後悔しています。ただし、娯楽に飢《う》えていたのは私だけではありませんでした。

裕福なアロンソ家に滞在していた佐久間君はある日、大事件を起こしました。家族と街にでかけた時に、家族をまいて一人で危ない地区に進入したのです。自らトラブルに巻き込まれに行くなんて、一体どれだけバカなんでしょうか。アロンソ家は、佐久間君に何かの時のための携帯を持たせていたので、佐久間君が危険地区のまだ入り口にいる時に連絡を取り、保護しました。佐久間君は家族全員にきつくきつく叱《しか》られました。散策しようとした危険地区は、昼間だろうと現地民は絶対に足を踏み入れな

い場所で、下手したら死んでいたかもしれないらしいです。

佐久間君自身も足を踏み入れてすぐに街の異様な雰囲気に気づいてびびっていたらしく、さらに、いつもニコニコと優しいアロンソ家に叱られたことでしょげていました。このことは大きな問題となり、国際団体からの国際電話で私にもことの顛末《てんまつ》が知らされました。「団体の代表として留学している君たちにもしものことがあったら、団体の信用問題にも関わるので、残りの期間は問題を起こさずおとなしくするように」と。

電話が来た翌日に佐久間君を訪ねたら、やはり少し落ち込んでいました。ブサイクはやはり、申し訳なさそうにしているのが似合います。

「俺、パナマにいるのに、パナマのことを全然知れてないような気がして、ちょっとだけ冒険がしたかったんだ」

そう言って、彼は細い目で、自分の靴をずっと見つめていました。その日は一日、クラスでもおとなしくしていたみたいです。いい気味ですね。最初からそうやって分をわきまえて、調子に乗らずにおとなしく生きていればいいのに。彼にはよい人生の教訓になったのではないでしょうか。

愚鈍な佐久間君を眺めていると、お金を奪われるくらいのほどほどの痛い目に遭えばよかったのにと意地悪な気持ちになりました。そんなに冒険がしたいなら、私とホストファミリーを替えてほしいものです。佐久間君なら、水シャワーをあび、家族の排泄物を目にしながら用を足し、コンロの火をマッチでつける生活も楽しめたかもしれません。自分が持っているものには感謝せず、持っていないものにばかりとらわれるのは、モテないやつの典型です。そういう性格だからモテないんです。

私は、この状況を面白可笑しくノートに書き続けました。書くことがなくなっても、無理やり探して何かを書きました。なにしろ午前から午後まで、授業中はずっと日記を書く時間なんです。時間はたっぷりとありました。

日記帳が二冊目になっても、生活に変化はありませんでした。授業中は日記を書き、休み時間にジェニファーとトイレに行き、放課後はスーパーに通い続けて、もう新しく試したいお惣菜もなくなりました。お気に入りをリピートし終えた頃、パナマでの生活も三週目に突入。気づけばもう、帰国日まで指を折って数えられるようになっています。

その頃にはちょっとした自分史や、家系図、日本での人間関係の相関図まで書き上げ、そろそろ本当に日記に書くことがなくなったので、お世話になったゴメス家の一人一人に手紙を書く時間にしました。どうせ英語で書いても伝わらないので、電子辞書を引きながら、スペイン語でありがとう、とか感謝、とかを飾り文字で書いてみました。それから、ノートの切れ端をぴりぴりと引き裂いて折り紙を作って、ツルをいくつも折りました。ツル、朝顔、やっこさん。私の折り紙のレパートリーはそれだけでしたが、パナマ人を驚かすには十分でした。マルタやケビンからは、作り方を教えてほしいと言われたけれど、私がどんなに丁寧に教えてあげても、誰一人として自力では完成させられませんでした。マルタには「こんな芸術品を生まれながらにして、なんの訓練も受けずに作れるなんて、あなたにはアートの才能があると思う」と言われました。日本人って便利です。

さて。残り四日となった時、クラスの人気者女子たちが、ジェニファーの鉄壁の守りを突破して、「明日はサルナをショッピングセンターに連れて行きたい」と提案してくれました。きっと、最後の最後に、みんなで思い出作りをしようと考えてくれたのでしょう。「ショッピングセンター」という単語はそのまんまわかったので、マドレに放課後の寄り道の許可をもらいました。当日は、クラスの女子みんなが来たがりましたが、リーダー格の女の子が「あなたはダメ、あなたはダメ」と、選抜メンバーを決めて、七人の選ばれし女子だけで、バスに乗ってショッピングセンターに行きました。私は、せっかく可愛くて人気者の女の子たちに囲まれる機会を得たので、ジェニファーには来てほしくなかったのですが、ジェニファーは、他の子が嫌がっているのを無視して、無理やりついてきました。本当に、空気が読めないやつって最悪です。この子さえおせっかいをしなければ、私はみんなと仲良くなれるのに。

行きのバスの中で、私は、日本の学校の写真をみんなに見せました。特徴的な緑色の制服と、ルーズソックスの組み合わせの写真に、みんな「ワーオ」と歓声をあげ、口々に「可愛い」という意味の「ボニート」を連発しました。その間、ジェニファーは少し離れた席に座り、じっとりと恨《うら》めし気にこちらを見ていました。私は胸の奥のほうに、何かチクチクしたものを感じましたが、やはりジェニファーなんかいなくても、階級が同じもの同士は、言葉がなくてもつながれるんだと、誇らしいような気持ちになっていました。

やがて到着したショッピングセンターは予想していたよりもはるかに近代的でした。日本の高級デパートのようなそこには、お洋服屋さんも、フードコートも、ドラッグストアも、スーパーマーケットも備わっており、全て見て回るには、時間がかかりそうでした。

どこから見たらいいんだろう、と私が案内図を見ようとすると、リーダー格の子が「レッツゴー・ムービー」と言いました。

このショッピングセンターは、映画館も併設しているようです。私は、全く理解できない言語で映画の数時間を耐えきれる自信はありませんでしたが、「パナマで映画を観る」という経験はなかなか出来ないと思うので、それもありかと思いなおし「オッケー」と答えました。そしてみんなで、映画館の前にぞろぞろと移動しました。

その時、不思議なことが起こりました。皆がチケット販売所の前で、もじもじし始めたのです。最初は、どの映画を観ようか迷っているのだと思いました。でも、それにしては空気がおかしい。リーダー格の子と目が合うと彼女は「ノー・マネー」と言います。それにつられて他の子も「ノー・マネー」「ノー・マネー」と次々に言うのです。お金がないなら映画は観られません。そうか、とぴんときました。みんなパナマにも映画館があるということを、日本からきた私に伝えたかったのでしょう。パナマ人としての見栄みたいなものかもしれません。日本にだって素晴らしい映画館がたくさんありますが、私は映画館を見せてもらったお礼のつもりで「ムービーシアター！ビューティフル！」と言いました。

すると突然、私たちの後を様子を窺うようにして追って来ていたジェニファーが、リーダー格の子にギャアギャアと何かを言い始めました。リーダー格の子は、ジェニファーに何かを言い返しましたが、二言、三言、話したら勢いが弱まり、「もう家に帰る」みたいなことを言っているようでした。

そして、軽くジェニファーをこづくと、「サルナ、バーイ」と言い、そのまま本当に子分たちを引き連れて帰ってしまいました。ジェニファーは、なんて余計なことをしてくれたんでしょうか。私の親衛隊を気取るのもいい加減にしてほしいものです。状況を受け入れられず、しばらく啞然《あぜん》としていると、偶然にも佐久間君がアロンソ一家と共に通りかかりました。

ジェニファーは、英語が喋れるアロンソ一家に何かを訴えました。ミスター・アロンソがジェニファーに何かスペイン語で話し、ミスター・アロンソの英語での説明を受けて、私はやっと自分の身に何が起こったかを理解しました。

クラスの女子たちは、私に全員分の映画チケットをおごらせようとしていたのです。しきりに「ノー・マネー」と言っていたのは、そういう意味だったのかと、私は合点がいくと同時に、怒りにも絶望にも似た気持ちが湧きました。

パナマの世界遺産の保護に、日本が多額の援助をしているのは、来る前に調べて知っていました。だから、パナマの人にとって日本人は「お金持ち」という意識があるのかもしれません。けれど、国と国とのことが、まさか私個人の身にふりかかってくるとは思いませんでした。私は、さっきまで私を取り巻いていた女の子たちが、私自身ではなく「日本人」を見ていたことを恨みました。そして私が彼女たちを対等だと思っていたにもかかわらず、向こうは対等な付き合いなんて最初からのぞんでいなかったことにがっかりしました。

けれど、そういえばジェニファーだけが「ノー・マネー」と言わなかった。クラスでは疎まれていて、人との付き合いが苦手だと思っていた彼女だけが、実は私を対等に見ていたのです。

佐久間君は隣で「うへえ、いくら日本のほうが豊かで、物価も違うとはいえ、七人分もおごれないよな」と言いました。そういうことではないのです。私はもっと深いところで傷ついているのに、それがわからないこの男は、だから童貞なんです。

その日、アロンソさんは、私とジェニファーを車で家に送り届けてくれました。

翌日、学校に行くと、一緒にショッピングセンターに行った子たちは、何事もなかったかのように「オラ（こんにちは）！」と挨拶をしてくれましたが、それ以上は何もなく、私は一日中、いつも通り、自分の机とトイレだけを往復しました。

授業中に日記に書くこともう尽きた気がして、ただ早く日本に帰りたいと思いました。私が日本では当たり前に思っていた、対等な人たちとの対等な付き合いというのは、実は本当に贅沢なものなのだと身に沁みました。この国に私と合う人なんていません。

ジェニファーはいつも通り、私をトイレに連れて行き、教師に「サルナをトイレに連れて行っていた」と報告して満足げでした。もはやそんなジェニファーを見ても、なんの感情も湧きませんでした。もう何もかもがどうでもいいように思えました。

その日の放課後、ジェニファーはまるで大切なことを打ち明けるように「うちにきて」と言ってきました。学校の後の許可のない寄り道は、マドレが心配するからダメだ、と英語と身振り手振りで伝えようとしたけれど、ジェニファーには伝わりません。ただ、何度も何度も「ミ・カサ（私の家）、アフター・スクール」を繰り返し、「イエス、オッケー？　イエース、イエース」と繰り返していました。全然イエスでもオッケーでもないのに。私は完全に白けていました。

ところが、いつも通り学校に迎えに来てくれたマドレに、私より先にジェニファーが駆け寄り、スペイン語であーだこーだ言うと、マドレは何かしら答え、私を指さし「アスタ・ルエゴ～（またね～）」と言って、さっさと車でどこかに行ってしまったのです。こうして私はジェニファーの家に行かざるを得なくなってしまいました。

「サルナ、ミ・カサ！　バモス！」

サルナ、私の家に、行こう！

ジェニファーはぺっちゃりと湿った手を、私の手に絡《から》めてきました。日本で裕樹と手をつなぐことはあったけれど、女の子と手をつないで歩いたことは、そういえばあんまりないかもしれません。照れくささと鬱陶《うっとう》しさが同時に湧き上がってきたけれど、他になすすべもないので、私はジェニファーに引っ張られるがまま、いつもの通学路とは反対の方向に歩きました。十五分ほど歩くと住宅街が現れ、ジェニファーの「ディス・イズ・ミ・カサ（私の家）！」という、英語とスペイン語交じりの誇らしげな声があたりに響き渡ります。

ジェニファーの家は思いの外、大きくてキレイでした。私がホームステイしていたゴメス家は古いマンションの一室だったけれど、ジェニファーの家は薄いクリーム色の一軒家で、広い庭と大きなガレージが備わっていたのです。車に詳しくないから、それが高いか安いかはわからないけれど、ピカピカの車が駐めてありました。

家の中に入った瞬間、何かしらの香辛料の匂いがしました。私は、まず大きなテレビのあるリビングルームに通されます。そこには、テレビを見張るように見ている白髪の瘦《や》せた老人がいました。

「グランマ（おばあちゃん）！」と私に紹介してくれた後、ジェニファーはグランマとスペイン語で二言、三言交わし、今度はその隣で、カラフルな人形と遊んでいた三、四歳くらいの可愛い女の子を「マイシスター（妹）！」と紹介してくれました。妹は、美女になりそうな気配を漂わせている整った顔つきで、私はジェニファーをつくづく気の毒に思ったのです。そして、まだ何もわからなそうな未来の美女にも同情しました。この子はいつか、お姉さんを疎ましく思う日がくるでしょう。

二階に上がると、右、左、前に三つのドアがあります。ジェニファーが一つずつ開けて中を見せてくれました。右はご両親の寝室、左はトイレ、そして階段の真ん前がジェニファーの部屋です。

「マイルーム」

ジェニファーは、今度は自分の部屋にあるものを一つずつ見せて説明してくれました。これはデスク、これは椅子、これは時計、これはベッド、これはクローゼット、これはアクセサリー、これは本棚……。そのたびに私は、仕方なく「うんうん」と頷きました。

そのうちジェニファーは、アクセサリー棚からブレスレットを一つとって、見せてくれました。日本なら縁日か駄菓子屋で子供用に売っていそうな、キラキラとした大ぶりのビーズのブレスレットは、とても高校生がはめるようなものではなかったけれど、自慢げなので褒めるのが礼儀かと思い、「ボニート」と言いました。するとジェニファーは、動きをぴたっととめて黙ったのです。

それから一大決心をするように、ふうっと息を小さく吸って吐くと、おもむろに私の腕にそのブレスレットを巻き付けました。

「え、いいって、いらないいらない、ノーノー」と言っても「いいの、あなたの」とかなんとかたぶん言われて、ブレスレットはそのまま私のものということになってしまいました。

「ユア、マイ、フレンド、ユア、マイ、フレンド」と何度も言います。本当に、純粋にこのブレスレットがいらないということが、どうしても伝わらない。厄介《やっかい》です。でも、きっと宝物だったに違いないブレスレットを私にくれてまで「フレンド」であることを証明しようとするジェニファーの姿に、自分が心を動かされ始めていることにも気が付いてしまいました。私には、ここまでしたいと思う――クラスの人を敵に回してまで守ったり、大切なものを相手にあげたりしてまで証明したいと思う「友達」がいたでしょうか。気をゆるめれば目尻に涙が滲《にじ》んでしまいそうだったので、私は息を飲み込み、喉にぐっと力をいれました。

リビングルームにおりて、ジェニファーの妹と、後から幼稚園かどこかから帰ってきた弟とみんなで遊びました。私は、学校以外の居場所が、ちゃんとジェニファーにあることにほっとしました。私が帰国してしまうと、彼女はまた一人ぼっちになってしまうのではと申し訳ない気持ちがあったのです。

その後、エンパナーダを一緒に食べました。エンパナーダは南米のスナックの定番で、スーパーや売店に行くと必ず売っています。お肉や野菜をくるりと包んで揚げてある、大きな餃子《ギョーザ》のような料理なのです。ジェニファーは一家揃ってベジタリアンだそうで、エンパナーダは肉っけがなく、お野菜と、おつけもののようにポリポリした食感のよくわからないものが入っていました。ちょうど小腹が減っていた私が、一つ丸ごと平らげると、ジェニファーはまた、満足げな顔をしました。そして、自分の食べかけの残りの半分をくれようとしたので断りました。のぞんでいくつも食べたいほど美味しいものとは思えなかったのです。

「家に帰ったらごはんがあるから」と、身振りと手振り、というかもはや雰囲気で伝えると、向こうも納得してくれました。ふと、もう、英語とか日本語とかスペイン語とか、特に意識しなくても、なんとなく、言いたいことは伝えられるようになっていることに気が付きました。言葉は大事だけれど、言葉がなくても伝わるものがあるということを、悔しいけれどジェニファーに教えられてしまったのです。

「ユア、マイフレンド、ユア、マイフレンド」

ジェニファーが私の手をぎゅうぎゅうと握りながら何度も何度も言い、私はそのたびに心の中で必死に否定しました。そんな簡単に定義づけないでよ。あなたと私は、友達なんかじゃない。友達じゃなくて、もっと別の何か。

「いつかまたパナマに来てね」と言われたので「うん、絶対来る」としっかりと頷きながら答えました。頷きながら、私は、もう二度と自分がパナマに戻ってこないことも、万が一戻ってきたとしても、ジェニファーに会うことはないとわかっていました。

十七時すぎになると、マドレが車で私を迎えに来てくれました。別れ際にジェニファーは私にピンクの封筒を押し付けてきて「あとで読んで」と言いました。趣味の悪い毒々しい花柄の封筒でしたが、それはきっとブレスレットと同じように、ジェニファーにとっては特別なアイテムだったのだと思います。

家に帰ってから開いてみると、手紙には「ワンス・ア・フレンド、フォーエバー・フレンド」と英語で書いてありました。

一度友達になったら、永遠に友達。残念なことに、フォーエバーのスペリングが間違っています。――フォーエバーぐらい、書けてよ。せめて辞書で調べてよ。私、この手紙、一生持ってるつもりなんだからさ。苛立って、胸の奥がじんとしました。手紙は折れないように日記帳にはさんでスーツケースにいれました。

パナマを発つ日、マドレは空港で私を車からおろすやいなや「バイバーイ」とスーツケースをこちらに渡して、すっと車に乗って帰ってしまいました。あまりにもあっさりしすぎていませんか。もう少し湿っぽい瞬間があるのかと思っていたのに、感傷を感じる暇さえくれなかった。三週間も家族の一員だったのに、あんまりです。でも、それがマドレらしいといえばマドレらしかったかもしれません。去りゆく車の窓から、ケビンがずっと手を振ってくれていました。私は手を振り続け、車が見えなくなってから、チケットカウンターへと移動しました。

カウンターの前には、アロンソ一家と佐久間君が勢ぞろいしていました。佐久間君は危険な地域に行ったりして、アロンソ家に大迷惑をかけたにもかかわらず、家族の全員が、名残惜《なごり》しそうに佐久間君とハグをして、保安検査場を私と佐久間君が抜けるギリギリまで、バイバイと手を振って別れを惜しんでくれました。佐久間君も感極まったみたいで、泣いています。ボロボロと人目を気にせずに顔を崩して泣く彼を見て、彼への気持ちが急速に柔らかくなりました。

ジェニファーも見送りには来てくれませんでした。「フォーエバー・フレンド」なんて手紙に書いた割には、あっさりしています。日曜日で学校もないのに「永遠の友」ならば、見送りに来てもいいのではないでしょうか。でもまあ、いいんです。他の人がしそうなことをしないところが、ジェニファーらしいといえばジェニファーらしいと思います。

帰りにまたアトランタを経由した時、佐久間君はホットドッグを頼みました。パツンと皮の張ったフランクフルト・ソーセージに柔らかいコッペパン。そして相変わらずのアメリカンサイズ。自分の分まで買うにはちょっと大きすぎます。

そこで私は佐久間君に「一口ちょうだい」と言ってみました。佐久間君は、糸のように細い目をどんぐりくらいの大きさにして、「い、いいけど、お前、それは間接キスだぞ」と頬を赤くします。

学校のクラスで平気でペットボトルの回し飲みや、おやつの回し食べをしている私は、逆にびっくりしてまじまじと、佐久間君を見つめてしまいました。その時、佐久間君に抱いていた負の感情が全てくるっと裏返りました。彼は気が利かないのではなく、私の周りにはちょっといないほど純粋でウブな男の子だったのです。

私は構わず、佐久間君の手からホットドッグを奪ってかぶりつきました。刻んだキャベツとオニオンのたっぷり入ったホットドッグは、嚙みごたえがしっかりとあり、見た目通り美味しかったです。私がホットドッグを佐久間君の手に戻すと佐久間君は一瞬たじろぎ、おそるおそる、一口分欠けたホットドッグに口を付けました。

そして、おそらく心の動揺を抑えるためだと思いますが、アロンソ一家からの手紙をおもむろにカバンから取り出し、辞書を使いながら解読し始めました。興味がない私は、ポケットにピファを入れてきたことを思い出し、取り出して一口かじりました。すると、佐久間君がまたもや目をどんぐりにして「それ、何？」と言うではないですか。

「ピファだよ」

「え……ピファって何？　日本でも食べられる？」

「ううん。日本では見たことない。ヤシの実らしいよ。パナマの人はよく食べるって聞いたけど」

「アロンソ家ではそんなもの一回も出なかったよ。毎日、パンと肉と茹でた野菜。アメリカの家みたいなごはんだなーって思ってた。食事の時はコーラ飲んでたし」

「あ、そう。ゴメス家ではよくこれを食べてたよ。ピファ美味しいよ、はい、一口どうぞ」

私がピファを一つ佐久間君にあげたら、わざわざ写真を撮ってからおそるおそる食べ始めました。

「ほくほくして、フルーツっていうより芋みたいだなぁ」

「そうだねー、まあ、たくさん食べすぎると飽きるけどね」

私は口をさっぱりさせるために、今度はタマリンドを取り出して、口に入れました。

「そ、それは何？」とバカ面の佐久間君がまたこちらを見ています。

「タマリンド」

「それもパナマの食べ物なの？」

「いや、これはたしか、タイとかでも食べられているフルーツ。代々木公園のタイフェスで売ってるの、見たことあるし」

「ヨヨギコウエンノタイフェス……？」

静岡県民の佐久間君は、代々木公園を知らないのです。

「これは、ドライタマリンドで、生じゃないよ。甘酸っぱいプルーンみたいな味。もっとずっと酸っぱいけど。果肉だけだと酸っぱすぎるから、砂糖を混ぜて売ってるところが多いと思う。この、表面のじゃりじゃりしたのは砂糖」

少しあげると、佐久間君はそれも手に持ったまま写真を撮って「ねちねち感が干し柿に似ている……味は甘い梅干しという感じだ……」と感想を言いながら食べました。

「生のやつの見た目はひからびたえんどう豆みたいな感じだよ。スーパーのフルーツ売り場とかにもあったし、料理にも使われるみたい」

タマリンドは私が通ったスーパーマーケットでは、おやつコーナーでも、フルーツコーナーでも普通に売られていました。それにゴメス家では、冷蔵庫にタマリンドのジュースも入っていました。おそらく、ゴメス家でのストレスと、学校のトイレが汚いことが原因で、私はずっと便秘だったのですが、そのことをマドレに告げると、タマリンドを摂るようにすすめて買ってきてくれたのです。ネットで調べるとタマリンドは、食物繊維が豊富だと書いてあって、たしかに便秘にはいいみたいでした。

「パナマって、もう人生で二度と行くことはないかもしれないなぁ」

佐久間君がタマリンドをクチャクチャと嚙みながら、感慨深げに言いました。

「ハルナはパナマで、友達出来た？」

「出来てない」私は即答しました。「まぁ、一生忘れない人にはたくさん会ったけど」

佐久間君は「それを友達っていうんじゃないのか？」などと言います。

「佐久間君は、パナマ楽しかった？」

「楽しかったか？」

佐久間君は、思いがけないところで考え込んでしまいました。

「楽しかったかどうかで考えたことはなかったな。俺は、人生の経験値をどれだけ上げられるかという観点で生きているので、楽しかったかどうかという視点は抜けていた。経験値を上げられたかどうかというと、アメリカで以前ホームステイしていた時と変わらぬ生活で、当初期待していたユニークな経験による、飛躍的な経験値の向上はなかったかもなぁ。正直、ハルナがお世話になっていたゴメス家に行けば、もっとパナマっぽい生活が出来たのにと悔しかった。それよりもさっきの間接キスが衝撃的すぎて、この旅のハイライトになりそうだ。あんな風に普段から『回し食べ』してるのか？　あれは、男に誤解を与えないのか？」

早口でまくしたてる佐久間君に、思わず吹き出してしまいました。佐久間君は佐久間君で私の生活に憧れていたことを知り、なあんだ、そんなものか、と思いました。私の目には佐久間君のほうが恵まれているように見えたのに。

「佐久間君って面白いね。私、あなたみたいな人と初めて会ったよ」

私が大口をあけて笑うのを見て、佐久間君は手柄を立てたかのように、嬉しそうににやついています。この人のことも一生忘れないだろう、と私は思いました。

成田空港で別れた佐久間君ともゴメス家とも、帰国した後は一回も連絡をとっていません。あ、佐久間君は、帰国してから半年後に年賀状をくれました。プリンターで何の変哲もない「ハッピーニューイヤー」の英字を刷っただけの年賀状には「今年はもっと経験値上げます！」と書いてあり、なんの宣言だよ、その前に童貞を捨てろ、と心の中で突っ込みました。けれど、わざわざ手紙を書いて伝えるほどのことでもないので、返事は書きませんでした。

ジェニファーとももちろん、連絡は取っていません。

これからも私はジェニファーのことを、友達とは呼びませんが、彼女とのことは、冷たかったシャワーや、ピファの鮮やかなオレンジ色や、一人で歩いたスーパーまでの道や、道で出会った乾いたイグアナと同じように、記憶の層の中にしっかりと練りこまれています。

私は、今この瞬間を生きるのに忙しい一般的な現代人ですが、他の人たちと同様に、目の前の現実にくじけることが時々あります。そしてそういう時、なぜか私が思い出すのは、ジェニファーや佐久間君のことなのです。あの人たちも、きっとどこかで頑張って生きているだろうな、と思うと、その事実に力をもらえるのです。連絡なんて取らなくたって、私にはわかります。あの二人が誠実に今日も生きていることが。

今後私はパナマに戻ることもないと思います。それでも、あの国はこれからも私にとって特別な国であり続けます。あの場所に確かにいたということが私の人生を私らしくしてくれているのですから。

サンディエゴの38度線

アレックスの苗字《みょうじ》を私は知らない。私が彼について知っているのは、たまにギターを弾くということ。平日の夜は、十二時前には帰宅しないし、翌朝は十二時をすぎないと起きてこないということ。それから、プレステとサッカーが好き、ポーカーがうまい、モテるけれど特定の彼女はいない、歯を出して笑うのが嫌い、シャンプーとコンディショナーはハーバルエッセンスのピンクで、洗顔はダヴ。覚えているのは、これくらい。

彼が私と一緒に暮らしていたのはたぶん二ヵ月くらいだ。二人っきりでではない。

大学四年の夏、私は、東京で出会って恋に落ちたアメリカ人留学生・イーサンの「夏休みは僕と一緒にアメリカで過ごしなよ」という気軽な一言を真に受け、彼の家に転がり込んだ。イーサンは、アレックスという韓国系アメリカ人とルームシェアをしていたので、必然的に私はアレックスとも一緒に住むことになった。

アレックスはイーサンとＵＣＳＤ（ユニバーシティ・オブ・カリフォルニア・サンディエゴ校）の一年生の時から親友だってことだった。表向きには仲良しを装っていても、結局白人は白人同士、アジア系はアジア系同士のコミュニティに分離する風潮の中で、見た目からしてザ・白人なイーサンと、典型的アジア人顔のアレックスがまるで兄弟のように仲が良いことは、とても尊《とうと》いことのように思えた。

日本にいる頃から、アレックスの話はイーサンからたくさん聞いていた。

「ソウルメイトという言葉は変に暑苦しい響きだけど、アレックスだけはソウルメイトと言ってもいい。気づいたらいつも一緒だったんだ」

「滅多に笑わないけど、ツボにはまると大爆笑する、そのギャップがいいんだ」

「お父さんは韓国系の大きな会社の偉い人をやっているみたいで、小さい頃からいい暮らしをしていたせいか、プライドが高いんだよな。今シェアしているマンションだって、本当は最上階に住みたいらしい。『俺の上に人がいるってことは、そいつらが俺より偉いってことだ。耐えられない』とか言うんだぜ。日本人にもそんな感覚ってあるの？」

「大学を卒業した後も、一緒にビジネスができたらよかったんだけどな。アレックスは、人に自信を持たせる天才なんだ。あいつといればなんだってできる気がしてくるんだ」

イーサンの話のおかげでイメージと期待だけがむくむくと膨《ふく》らみ、会わないうちから心の距離まで近づいたと勝手に思い込んでいる私に対して、アレックスは淡白な態度だった。

引っ越し初日、イーサンは私のことをちゃんとガールフレンドだと紹介してくれた。「ハーイ」と言って差し出されたアレックスの右手は、大きなイーサンの手よりさらに大きくて、厚みがあって、熱をもっていた。しっかりした筋肉と、よく日に焼けた肌。鋭い一重と、しっかり通った鼻筋。独特の色気を感じたのは、刹那的《せつなてき》な雰囲気を彼がもうその時から漂わせていたからだと思う。彼の生活は案の定、道徳的とは言い難《がた》く、不健康だった。

イーサンは、夏休み中も、心理学部の夏期講習のために大学に毎日出かけていた。夏期講習で単位を取って、日本の大学に留学中に落とした分の単位を埋めるのだという。アレックスは理工学部に所属していたようだけど、大学に通っているのかどうかはよくわからなかった。ただ、毎日夕方に出かけて行って、帰ってくるのは夜遅くだった。イーサンの情報によると、一ヵ月のうち数回、アレックスはポーカーで大金を得て帰ってくるらしい。ポーカーというとギャンブルのイメージだから、良くないことのように思えるけれど、むこうでは、ポーカーは頭脳を使うゲームだから、ポーカーのうまい男は女の子にモテるし、プロのポーカープレイヤーという職業もあるそうだ。お父さんのコネで食品メーカーに就職が決まっていなければ、アレックスはプロのポーカープレイヤーになっていただろうな、ということだった。

私が散歩か買い物、たまに、体を動かすためにマンションのプールに行って帰ってくる頃には、大体、彼も活動を始めている。共有スペースになっているリビングのソファにどっしりと腰かけてコーラかスタバのフラペチーノを飲み、テレビでサッカーの試合を見ている彼に、一応「ハーイ」と声をかけると、「マナミ、ワッツアップ？」とちゃんと名前を呼んで返してくれる。けれど、答えにそんなに興味はないみたいで、すぐに試合のほうに意識を戻してしまう。

私は私に好意や興味を持ってくれない人は、もうそれだけで苦手だから、アレックスとも一定の距離を保っていた。親友の彼女で、一緒に暮らしていてもうざくない奴。彼からそれ以上の評価をもらうことは最初からあきらめた。嫌な奴だとかブスだとかは思われたくないけれど、ホットな女だと思われることは、とてもじゃないが望めない。私は一般的なアメリカ人にウケるタイプの、胸もお尻もボリューミーなお色気ムンムンタイプとは正反対の女だ。ましてやアレックスの元カノはモデルで、スラリとしたロングヘアの美人だったらしい。平均以下の身長で、胸もお尻もすとんとまっすぐな私に、異性としての魅力なんて感じるはずがない。アレックスが私に全く興味をもってくれないという事実は、敗北感にも似たかすかな感情を掻《か》き立てたけれど、その感情を掘り下げて苦しむ必要はなかった。私はイーサンに夢中だったし、イーサンも私を大事にしてくれたからだ。

授業が終わるとイーサンは、いつも私をいろんなところに連れて行ってくれた。「僕の好きな場所を全部君には教えておきたい」と言ってくれる優しい彼に連れられて、車で街中をくまなく巡った。

海沿いの高級住宅街に出かけて行って「こんな家に住みたい、この家はダサい」などと勝手に品評を楽しんだり、海沿いのレストランで贅沢なディナーを食べたり、かと思えばそのへんのファーストフードで、ボリュームだけがウリのハンバーガーにかぶりついたり。

英語の発音のせいか、ファッションのせいか、はたまたメイクのせいか、どこへ行っても「ジャパニーズ?」と言い当てられる私は、明らかに街にとってのよそ者だったけれど、イーサンといれば、何も不安なんてなかった。

夜は映画館に行くことが多かった。むこうの映画館はチケットを一回買えば、そのまま映画館で暮らしていてもばれないくらいチェックがゆるゆるだったので、一本分だけチケットを買って映画館に潜伏して、一回分の料金で二本映画を観るというズルも覚えた。映画が終わったら遅くまでやっているスムージー屋さんで、アイスクリームスクープ二杯分のピーナツバターをいれたジャンクなシェイクを頼んで、二人で分け合いながら帰った。毎日が夏休みの初日みたいに無鉄砲で自由だった。

夕方、私とイーサンが、さあ今夜は何をして遊ぼうかと作戦会議を始める頃、アレックスも彼の寝間着兼部屋着であるアディダスの赤い半パンを脱いで、だぼっとしたジーンズに着替えて、どこかへと出かける。明け方、玄関のほうからガチャガチャという音が聞こえると、アレックスが帰ってきた合図だ。彼はどんなに遅くなっても外泊せずに、ちゃんと自宅に帰ってくる。理由を聞くと「俺はどんなハニーよりも、俺のベッドが好きなんだ」と言っていた。神経質なだけかもしれないけれど、私はなぜかそこに彼の育ちの良さが宿っている気がした。起きているアレックスに会うのは苦手だったけど、眠りが浅い夜に、アレックスの帰宅の音を聞くと、なんだか安心して、そこからすうっとまた眠りに落ちていけた。

サンディエゴの気候はカラッとしていて、年間を通してほとんど雨が降らない。澄み渡る青い空とちっとも湿っていない爽やかな海風は、気持ちを明るくしてくれる。私は毎朝目覚めるたびに、何かしらいいことが起こる予感を抱えていた。

起きたらまずイーサンのランチ用のサンドイッチを作り、洗ったりんごとともにランチバッグに詰めて、水筒と一緒にテーブルに置く。そのついでにパンの端っこや余った具をちょいちょいつまみ食いして、自分の朝ごはんも終える。

その後シャワーを浴びて髪の毛を乾かし、メイクをしてからイーサンを起こした。彼は着替えると、午前中の授業のために、すぐにバスに乗って大学に向かった。その背中を見送ってから、私はまだ寝ているアレックスを気遣いながら、音を出さずに家事を片付けた。ドアをしっかりと閉めて、音漏れを気にしつつハンドタイプの小さな掃除機で、床のゴミを吸ったり、洗面台を磨いたりする（バスルームは各部屋にあった）。

掃除が一通り終わると、前日の夕方に洗って、自分たちの部屋に置いてあった洗濯物を、音楽を聴きながらゆっくりとたたむ。朝のおつとめはそこまでだ。

その後は自由時間なので、とにかくのびのびと過ごした。熱々のインスタントコーヒーをいれて、イーサンが大学の図書館で借りてきた本を読んだり、そこから知らない単語を抜き出して意味を調べて覚えたり、ストレッチをしたり。

部屋の中で過ごすのも楽しかったけれど、午後は必ず外に出かけた。近くのカフェに紅茶一杯で居座ってイラストつきの日記を書いたり、ひたすらぐるぐると家の周りを散歩したり。時には、UCSDまでバスに乗って行って、我が物顔でキャンパスを歩いた。何度かイーサンが校内を案内してくれたおかげで、どこに何があるかは熟知していたし、あらかじめ行く日を伝えておいて、学生証を借りて何食わぬ顔で大学の図書館に忍び込んだり、学食で落ち合って一緒にランチを食べたりもできた。

この生活において私が自分自身に課したルールは、ただ一つ。一日に一回は外に出て太陽光を浴びること。それだけだ。それさえクリアすれば、何をしてもかまわないと決めていた。だって、無事に内定も取って、晴れて学生生活最後の夏休みなのだ。半年後から、毎朝晩ぎゅうぎゅうの満員電車に乗って、あくせく働くことを考えるとそれだけで気持ちが憂鬱になった。内定同期はインターンをしたり、アルバイトをしたりして忙しそうだったけれど、地獄の生活が始まる前に、ゆっくりと羽を伸ばすべきだろう。むこう数年分の元気を蓄えるために。

サンディエゴの気候には、本来インドアな性格の私を、外へ外へと誘い出してくれる力があった。それに親友の彼女とはいえ、部外者の私が我が物顔で家を使い、四六時中同じ空間にいたら、アレックスはいい気持ちではないだろうという日本人らしい遠慮も感じていた。

お互いしっかりとルールを守り、ドアで仕切られた相手のベッドルームには、許可なしでは入らなかった。アレックスとイーサンは、お互いのテリトリーの境界を「軍事境界線、38度線だ」と冗談めかして呼んでいた。

いくらドアが閉められてプライベートが保証されていても、イーサン不在時に、アレックスと二人だけで一つの家にいるのは落ち着かなかった。女としての身の危険を感じたことはなくても、彼の周りにはいつも、なんともいえないピリッとした空気があった。その矛先が自分に向けられることを考えると怖かった。

アレックスが時たま及ぶ――きっとアメリカの大学生は一通り経験するのであろう――数々の危険な行為も、日本人の私からしたら遊びの範囲を超えていた。

引っ越して数日後、イーサンと海辺のレストランで楽しくディナーを食べて戻ってきたら、家には見知らぬ男が二人いて、部屋中が甘いような煙いような感じになっていた。イーサンは慣れたように、リビングを占領している男たちに向かって「ウィードもほどほどにしろよ」と言った。ウィードというのはスラングでマリファナのことだ。アメリカでは、パーティーで気軽にドラッグを飲んだり、ウィードを吸う。そんな光景は、映画やドラマで散々見ていたけれど、いざ自分の前にそれと同じ光景が広がっているとひるんだ。私は、嗅《か》いだことのないこの臭いを覚えておこうと思って、思いっきり部屋の空気を吸った。質の悪い車の消臭剤のような香りが、鼻腔を刺激した。こんな悪趣味な臭いを放つものが、精神を高揚させてくれるなんて信じられなかった。

アレックスは私に「君もトリップする？」と聞いてきたけれど、私は静かに首を振った。イーサンがかぶせるように「まきこむな」と言って、間のドアをいつもより勢いよく閉めた。

部屋に戻ってから小声でイーサンに「アレックス、あんなことして逮捕されないの？」と訊いたら「ポットパーティーなんて、みんなやってる」と返された。「イーサンもしたの？」と尋ねたら「俺は高校と同時に卒業したけれど、あいつは子供っぽいところがあるからな」と、大したことでもない風だった。その時、ああ、この人はアメリカ人なんだと実感した。自分の家の中でこんなクレイジーなことが起きているのを、当たり前のように受け入れられるなんて、ちょっとおかしい。心の距離は近づいたつもりでもこの人の心と私の心には越えられない国境線があるのだと感じ、イーサンが少し遠く思えた。

アレックスはその夏、何度かポットパーティーをしていた。パーティーの時だけアレックスはギターを弾いて歌った。聞いたことのない韓国語の曲だった。お酒を飲んでいるせいか、キーが合わないのか、アレックスの歌声はいつもかすれていて、泣きそうな子供みたいだった。

三度目のパーティーの後、イーサンはアレックスに「これ以上家でパーティーをするなら、もう一緒には住めない」と宣言した。友達だから、彼の体調や素行を気遣ってのことだと思ったら、壁に臭いがしみつくと、その分マンションを出ていくときにお金がかかるからとのことだった。

「家の料金のことはともかく、彼のことは心配じゃないの?」と尋ねると「もうお互いに大人だ」というきっぱりした答えが返ってきた。どうやら、イーサンのアレックスに対する気持ちも、その頃から冷め始めていたようだった。

「彼は変わってしまった」とイーサンは吐き捨てるように言った。

「前は親友だったけど、今の彼は一緒にウィードを吸う仲間を友達だと思ってる。俺にもウィードを勧めてきたけど、俺は、俺の人生を悪いほうに引きずりこむやつを、友達だとは思えない。彼とはどこかで行き違った。友達ではなくただのルームメイトとして、あたりさわりなく接するしかない」

それを聞いて胸の内側がチクリとしたけれど、同時に、悪いほうへ引きずりこまれずにちゃんと自分のスタイルを貫くイーサンに安心もした。

その一件以来、私はアレックスに対して、さらに意識的に距離を取るようになった。イーサンのいない場所で彼に接することは、イーサンに対しての裏切りのように感じられてしまったのだ。

けれど、彼との38度線を越えるちょっとした事件が起きた。

イーサンがジムに行って留守中、食器を洗おうとした私は、食洗機用の固形ジェル洗剤がなくなっていることに気が付いた。その日は一週間分のサンドイッチの具を作り置きした日で、汚れものが大量に出たから、手で洗うのは嫌だった。ふとシンクを見ると普通の液体洗剤はある。形状は違っても、これだって食器用の洗剤なのだから成分は一緒だろう。さして問題はないはずだと判断した私は、食洗機の固形ジェル洗剤入れになみなみと液体洗剤を注ぎ、自動運転のスタートボタンを押した。そして洗い終わるまでの時間を読書して過ごすために部屋にこもった。

二十分後、「Whaaaaaaaaaat's?」というアレックスの声が家中に響き渡り、私は何事かと部屋を飛び出した。

キッチンの床はすべてもこもこと巨大な泡に覆われていた。一瞬、何が起きたのかわからなかったし、この惨事が自分のせいだと理解した後も、元凶が私だということは出来れば黙っていたかった。でもそれは不可能だ。その時家には私とアレックスしかいなくて、アレックスはまさに今起きたばかりだったのだから。起き抜けに水を飲もうとキッチンに向かったアレックスの眼前に広がっていたのが、友人が勝手に連れ込んだ謎の女によって引き起こされた面倒ごとなのだから、これは怒られても仕方ない。嫌味を言うにしても怒るにしても、できるだけ手短にしてほしいと私は覚悟を決めた。

けれど、アレックスは全く怒らなかったどころか、破裂したように大声で笑い始めた。

「まだ昨日の夜のクスリが抜けてないのかと思ったけど、これはリアルだよね？　君の仕業《しわざ》なんだよね？」

「そうなの。本当にごめんなさい。心からごめんなさい」

ソーリーを繰り返す私の肩にアレックスの手が触れた。彼の手の熱を感じたのは家に引っ越して最初の日に握手をして以来、二回目だった。

「hilarious（ヒラリアス）」と彼は言った。これはイーサンも口癖のようによく言う言葉で、とてつもなく面白いことが起こったときに使う、陽気だとか笑える、とかいう意味の単語だ。

「何が起きたの？」と楽しげに訊いてくる彼は、いつもの赤い半パンを穿《は》いてはいるものの上半身は裸で、見てはいけないものを見てしまった気がした。海辺でたむろするのが好きだというアレックスの肌はイーサンの肌よりも黒く、つやつやと輝いている。こんなことで胸を高鳴らせる自分は、すごくふしだらだ。

私が正直に何をしたかを告げると、アレックスはよりいっそう楽しげに笑った。その後、泡の少ない場所を巧妙に選びながら食洗機に近づき、一時停止ボタンを押し、食洗機のドアを開けた。すると、泡の親玉みたいなのがドアからもっこりと顔を出して、ゆっくりと床に落ちた。まるで、ゲームのボスキャラが力尽きるみたいな最期だった。私とアレックスは一瞬顔を見合わせて、しめしあわせたようなタイミングで思いっきり笑った。

「ジーザス！」とアレックスが言う。「この洗い方はジャパニーズスタイルなの？」

「ノー」

「ジャスト・ジョーキング」

私が泡を片付ける間、アレックスは手伝ってはくれないものの、隣のリビングから、「まだそこに泡があるよ」と指示出しをしてくれた。いつもよりゆっくりお水を飲んで、普段は作らない紅茶まで作った。しかも、一杯余計にいれて、私にもくれた。

その時から、夜だけでなく昼も、アレックスが家にいるとほっとするようになった。

私がアレックスとの距離を縮めていくのと反比例して、彼とイーサンの仲は目に見えて悪くなっていった。イーサンは何かにつけて——例えば、共用の洗濯機を使う時間だとか、毎日明け方に帰ってくるアレックスの態度だとかを引き合いに出して——彼につっかかるようになった。アレックスはイーサンに対して、怒鳴《どな》ったり、暴力をふるったりすることはなかったけれど、何かを言われると明らかに怒った顔で部屋に引きこもったり、家を出て行ったりした。

イーサンと私も、夏が終わるにつれて、だんだんと気持ちがすれ違っていった。就職活動が難航していた彼は怒りっぽくなり、小さなことで私にあたるようになった。お前の面倒を見ているから、俺は忙しくて就活ができないんだとか、アレックスみたいにコネで就職できたら苦労しないのに、などと愚痴《ぐち》をふりまくようにもなった。悲しかったけれど、私にできることは何もない。イーサン自身の言葉を借りれば、就活のことは、「もうお互いに大人だ」から、それぞれで頑張るべきことで、誰かに怒りをぶつける理由にしていいはずがなかった。でも、そんなことはとても言えない。

イーサンが数十社目の面接に落ちた翌日、彼と気晴らしに、いつもは行かない海までドライブに出かけた。前日の夜、イーサンをどうにか励ましたいと思っていろいろと計画していた私が、帰りに助手席でうっかりうとうとしてしまったら、イーサンは「ジーザス！」と強く舌打ちして、車を側道に止めて、私を車から引きずり下ろした。その険《けわ》しい顔を見て、アレックスなら同じように「ジーザス！」と言いながら、笑ってくれたかな、なんて思った。

イーサンは側道に私を置いたまま、車を発進させて、五メートル先でまた車を止めた。そこで降りてきて「家に帰ろう。カモン」と私を呼び寄せたけれど、その時、これが彼の誘いに乗る最後だと悟った。

この夏が終わったらもう一生この人と会うことはないだろう。それは予感というより決意だった。

私は予定を早め、日本に帰ることにした。帰国の前日、リビングで一人、映画を観ながら水タバコを吸っていたアレックスに「私は私の家に帰ると決めたよ」と言ったら「君の家はここかと思っていたよ」と返された。そうだったらどんなにいいだろう。本当は、この家も、この街の海も、空も、大好きだ。

私は、ずっと言ってみたかった言葉を口にしてみた。もう最後だからどうなってもいいと思った。

「I like you.」

私はあなたが、好きだよ。

アレックスは私の目の奥をまっすぐに見て「I like you too.」と言った。とても低い声で、早口で、投げやりで、なのに優しかった。言いたいことはいろいろあったけれど、もうこれだけで十分だとも思った。この夏ここで、いろいろなものが終わるのだ。

「少しだけあなたの手に触ってもいい？」と訊き、返事を待たずに、ぎゅっと握った。アレックスは私の手をあたたかい両手で包み「もうルームシェアはやめようと思うんだ。マンションの解約書類を、今取り寄せてる」と言った。私はそれには答えずに「おやすみ」と言って、部屋に戻った。「いい夢を」というアレックスの声はこれまでに聞いた中で一番優しく、耳の中にあたたかく響いた。

次の日、いつもなら昼すぎに起きてくるはずのアレックスの部屋は朝から空っぽで、私が出発する時間になっても帰ってこなかった。

手持ちのメモ帳に「See you.（またね）」と書いて、38度線を越えて、彼の部屋のデスクに置いた。でも、置いた瞬間にこれは違うと思ってメモを捨て、「Thank you.（ありがとう）」と書き直して部屋を出た。

外に出ると、空がどこまでも青かった。数時間後にはこの空の中に飛び立つくせに、出来れば私は今すぐこの空に吸い込まれたいと思った。

世界一周鬼ごっこ

あ、落ちる、と思った時にはもうお尻が床についていた。視界がぐにゃりと歪み、ずん、と頭に重みを感じたのと同時に頬がひんやりする。周りの音が妙にはっきりとした後、急激に遠ざかっていった。

――人って、倒れる時はこんな感じなんだ……もやのような白いものが視界にぐるぐると回転しながらかかったかと思うと急に真っ暗になった。

「アイ・ドント・ノー……」

日本人だと一発でわかる発音のたどたどしい英語。温度を伴った人の気配。恐る恐る目を開けると、二人の男性が私の顔を覗きこんでほっとしていた。薄黄色い肌、アゴにヒゲが生えた細い目の人は絶対に日本人。クタクタによれた緑色のTシャツに、薄汚れたジーパン。服はバックパッカーっぽいけれど、靴は高そうなナイキだし、腕に着けているのはGショックだ。足首にはビーズのついた細いミサンガ。うん、日本人だと賭《か》けてもいい。もう一人の男性はエンジ色の制服に身を包んでいる。日焼けした肌とくっきりとした二重。この顔つきは現地人だろう。首元の大ぶりの金ボタンにはアルファベットが刻印されている——「ホテル・ボリビア」。そうだ。私はホテルにいるんだった。

ボリビアの首都、ラパスの中心街にある二つ星ホテル。ちょうどチェックインするところだった。今は暗くて小さな部屋のベッドに寝かされているみたい。大きく開かれた窓から入ってくる風がそよそよと頬に当たる。

「大丈夫ですか？」

ヒゲの男性から日本語で聞かれて、ほらね、やっぱり日本人でしょ、と予想が正解だったことを心の中で小さく喜んだ。

「はい、大丈夫です。すみません」と謝った後で「ここは？」と聞いた声と、彼の「ここは医務室だよ」という声が重なった。そうか。私は倒れて運ばれてきたのだ。

「典型的な高山病だね。しばらく横になっていれば楽になると思うよ。はい、このマテ茶飲んで。ちょっと甘くしてある」

上体を起こすと、赤と緑の伝統的な織物が肩からずるりとずれた。指先で触るとすべすべとして温かみがある。こちらの名産品だというアルパカの毛で織った毛布だろうか。差し出された白いマグカップには、なみなみと濃い黄緑色の液体が注がれている。マグを両手で受け取ってごくりと飲むと、甘さが舌に染み、数秒後、喉の奥が苦みで痺《しび》れた。初めて飲むマテ茶は予想以上に苦い。コカインの原料ともなるコカの葉を使ったお茶だが、マテ茶、あるいはコカ茶とも呼ばれる。コカインを使っているからといって幻覚作用などはないが、日本に持ち帰ることは禁止されている。南米で常飲されているこのお茶が高山病の何よりの特効薬であることは、バックパッカー界ではよく知られていた。

「ごめんなさい。体力には自信あるから、まさか倒れるなんて思わなかったです。日本で処方された高山病の薬も、ちゃんと飲んだんですけど」

黄熱病やその他の予防接種を受けた東京の病院で、高山病の薬は別料金を払ってわざわざ買ったのに、こんなにも見事に効かないなんて。

「あんなもの気休め程度にしかならないよ。だって、ラパスって、富士山より高い場所にあるんだぜ。『雲の上の街』って言われてるんだから。今日がラパスの初日？」

「はい、これからチェックインするところでした」

話しながら携行品を確かめる。財布とパスポートが入っているポーチは、ちゃんと腰にまきついている。左胸に感じるじゃりっとした感触と重みは、ジャケットの内ポケットの小銭だ。着替えや日用品などが全部入った重さ十五キロのバックパックは、いつのまにか体から外され、ベッドの横に立てかけられている。

「到着早々、大変だったね。ボーイのカルロスが君をここに運んで来てくれたんだよ」

カルロスと呼ばれた青年は自分の名前が出たことに気づいて、ニコッと子供のようにあどけない笑顔でお辞儀してくれた。作り物のようにくっきりとした平行線が入った二重。口元からのぞいた歯は少し黄ばんでいた。

「僕はたまたまこのホテルのWi-Fiを使いに来てたんだけど、ここの宿泊者じゃないんだ。うちのホテルのインターネット、調子悪くてさ。ロビーでインターネットしてたら、いきなり君が目と鼻の先で倒れたの。同じ日本人なんだから通訳しろって言われてここにいたのよ。でもケガがなくてよかったね」

「私、どれくらい倒れてたんですか？」

「十分くらいかな、そんなに長くないよ。安心して」

いい人そうでよかった。目は細いけれど、口は大きく、口角も上がっていて、話し方に愛嬌がある。アゴの周りのヒゲは伸びっぱなしになっていて、いかにも旅人という感じだ。

「あの、お名前は?」

「山田《やまだ》コウスケ。旅行者仲間からは、コウさんって呼ばれてるからコウさんでいいよ。この近くの日本人宿に泊まってる」

日本人宿というのは、本格的なバックパッカーだけが泊まる安宿のことだ。経営者が日本人、あるいは客のほとんどが日本人の宿がそう呼ばれる。

「私は朝井《あさい》リサです。よろしくお願いします」

世界一周は高校時代からの夢だった。もっと小さい頃から世界を旅してみたいという夢は漠然とあったけれど、その頃に読んだ本で世界一周航空券の存在を知ってからは、夢がより具体的になった。大学生になって、就活を終え、内定を得て、さあ、卒業まで何をしようと思った時に「今だ」と確信して、計画を実行に移す覚悟を決めたのだ。コツコツと貯めた貯金では足りない分を補うために、少しだけ夜のバイトをして軍資金を貯めて、世界一周航空券を買った。満を持しての世界一周なのに、二ヵ国目からいきなりつまずいてしまったことが悔しい。貧血を起こしたことも、お酒で倒れたこともなかったのに。

カルロスが常温のペットボトルの水を私に渡しながら何かを言うと、コウさんが「グラシアス」と答える。そうだ、ボリビアはスペイン語圏だっけ。グラシアスはありがとうだ。

「カルロスは他の仕事があるから行くけど、ここで暫《しばら》く休んでいけって。水もタダでくれたから、水分よくとっておきな」

「スペイン語が話せるんですか」

「ううん、全然話せない。でも雰囲気でわかるよ」

喋っているうちに、気分もだんだんと上向きになってきたので、小さくはずみをつけて体を起こす。

「そろそろ、私、起きます……」

「無理しなくていいよ」

ベッドから出るとコウさんが、体を支えようと手を伸ばしてくれた。「大丈夫です」と断る時に、コウさんの手に少し触れてしまう。がさっとして毛深く、日に焼けていて、旅人らしい手。それに比べて私の手は、柔らかくて白くて、頼りない。久しぶりに目にする自分のすっぴんの爪は必要以上に弱々しい。けれど、ネイルを外してきてよかった。東京では頼りになる武器のように美しく凶暴な爪は、ここではきっと浮いていただろう。

コウさんは私がチェックインするのを見届けてくれてから、自分の宿に帰って行った。

ほぼ一日中、部屋で寝て過ごしたおかげで翌朝には元気に回復した。気力が戻るとお腹が減ったので、朝ごはんを探しに行く。ホテルのビュッフェはローカルっぽさがあまりなくて退屈な上に高い。旅費は出来るだけ節約したいし、街並みも見たかったた。ペットボトルの水と貴重品とカメラだけ持って、ゴツゴツとした石畳の坂を、石のでっぱりで転ばないように気を付けながら下ると、三分ほど歩いた場所に、「café」という看板をみつけた。中を覗くと、見覚えのある人がいる。

「コウさん！」

「おお、おはよう。偶然だねえ。おいでおいで」

コウさんは、読みかけの文庫本——外国の女性作家が書いた旅行記の上巻だった——を机の上に置くと、私を自分の席に招いてくれた。店員が物珍し気にこちらを見ている。日本人の肌の色が珍しいのだろう。店内にはスペイン語のラジオがかかっている。陽気な音楽にのって歌うように弾んでいる中年の男の人の声。

「昨日は本当にありがとうございました」

「運んだのはカルロスだし、俺は隣でぼーっとしてただけだから」

「こうやって知らない土地で日本人に会うとほっとしますね。道ですれ違っても、なんか緊張して喋りかけられなくて」

旅先での旅行者との出会いに期待していたくせに、いざとなると気後れしてしまう。自分でも嫌になってしまうくらい人見知りなのだ。そういうところを直したくて旅に出たのに。もし倒れるというハプニングが無かったら、コウさんともこんな風に話せてはいなかっただろう。

「リサちゃんは何歳？　何やってる人？」

私は二十二歳で、就活を終えた大学生だと答えた。四月に総合商社に無事に内定をもらったから、数ヵ月間アルバイトをしてお金を貯めて、夢だった世界一周に出たのだと。

コウさんは、俺と九つも違うのかー、と独りごちた後、「世界は一周目なんだね」と言った。何周もする人なんているんだろうか。その疑問をそのまま口に出すと、コウさんは目じりに深いシワを作りながら笑った。

「そりゃ、したいと思ったら何周でも出来るでしょ。世界一周の達人なんて、日本人宿に行ったらゴロゴロいると思うよ。中には、旅人はこうあるべき、みたいに変に説教臭い人もいるけどね。ちなみに俺は二周目。去年一年かけて一周目をしたんだけど、日本に一時帰国して、今二周目始めたとこ」

「パーマネント・トラベラーってやつですか？」

本で読んだことがある。バックパッカーをしている人の中には、パーマネント・トラベラー、つまり「永遠の旅行者」と呼ばれる、定住しないで旅をし続ける人がいると。

「定住しないって決めてるわけじゃないけど、旅が出来るうちに旅をしたいだけ。世界五周はしたいな」

コウさんは、タバコをポケットから取り出した。黄色と赤色の箱に入った現地銘柄だ。一本いる？　と身振りで聞いてくれたけれど、いりません、と手と首を左右に振る。コウさんは、ライターで細身のタバコに火をつけ、すうっと深く吸ってから、私の顔に煙がかからないよう、後ろをむいて、息をゆっくりと吐いた。

「目的とかは特にないけどね」

ははん、と私は納得した。きっと流行の自分探しというやつだ。私の九歳年上ということは三十一歳。そんな年になって就職もせず、フラフラしているなんて、社会に居場所がないからに決まっている。仕事がのりにのっている大人なら、世界でふらふらしている暇はないはずだ。

コウさんはまた、タバコの煙を吐いた。

「リサちゃんは、東回り？　西回り？」

確かアジア経由でヨーロッパとかアメリカに行くのが西回りで、アジアに最後に行くのが東回りだ。

「東回りです」

「お、いいね。俺も東回り派。アジアを最後にとっておくとだんだん物価が安くなっていくから心の負担が軽いんだよね。最後にお金の心配するのって体に悪いじゃん。どこの国に行くの」

「チリ、ボリビア、ペルー、モロッコ、エジプト、ヨルダン、イスラエル、インド、タイ、カンボジア、ベトナムの順に回ろうと思ってます」

指を折りながら国名を挙げる。念入りに調べ上げたルート。全部で十一ヵ国を二ヵ月で回る予定だ。

「わ、奇遇だね。インドまでは俺も大体同じルート。俺はヨルダンとイスラエルは行かないのと、アジアは陸路でもう少しいろんな国を回るかも。インドの先は、まだ詳しくは決めてないんだ。リサちゃん、アメリカは行かないんだ？」

「アメリカとかヨーロッパは、社会人になってから仕事で行けるかもしれないと思ったので、あえて外したんです。今ユーロは高いですし」

「確かに、今は異常価格だよね。ナイス判断かも。チリから始めたってことは、イースター島はもう行ったのかな？」

「行きました」

「じゃあ、航空券はワンワールドだね」

「はい、ワンワールドにしました」

ワンワールドは、イースター島をルートに含む世界一周航空券として、世界一周者の間ではメジャーな存在だ。けれど、イースター島は正直期待外れだった。もちろん、モアイ像が見られたのは嬉しかったのだけど、どこかあっけなく味気ない旅の始まりだった。そのことをコウさんに告げてみた。

「わかる。それ、インドの好き嫌いと同じくらい意見わかれるやつだよね。人生変わったって言う人と期待外れだったって言う人、ちょうど半々かな」

「期待しすぎて、現実が及ばなかったというか。それにモアイ像って、あんなにうじゃうじゃあるって思わなくて。初日は感動したんですけど、二日目以降は信号機と同じくらいの間隔でモアイがあるから、『え、また？　もういいよ』なんて思っちゃって」

コウさんがあっはっは、と顔を上げて笑う。

「そりゃいいね。確かに島中モアイ像だらけだもんな。有難み薄れちゃうかもね」

頼んでいたアイスコーヒーとサルテーニャが運ばれてきた。サルテーニャはオレンジ色の皮で具材を包んだ餃子のようなもので、ボリビアの朝食の定番だ。いただきます、と一口かじると、中からチキン、ポテト、ゆで卵がぼろりと出てくる。ぼそぼそとした食感が、口の中の水分を奪ってしまうのでアイスコーヒーで潤した。

「アイスコーヒー、贅沢だね」

「え、アイスコーヒーが贅沢なんですか？」

「アイスにすると氷の分、値段が高くなるでしょ」

「あ、知らないで頼んじゃいました。スペイン語、わからなくて」

「簡単だよ、『hielo』って書いてあったら、アイス。『冷えろ』ね。覚えやすいでしょ。読み方は『イェロ』だけど。こっちでは、氷は有料なことが多いよ」

日本のコンビニやカフェでは当たり前のように無償提供されている「冷たさ」は有料なのかと驚いてしまう。

「いろいろ教えてくれてありがとうございます。本やネットで知ったつもりになっていても、やっぱり現地に来ないとわからないことがありますね」

「そうね。旅人同士、仲良く情報交換しましょ」

「コウさんはフェイスブックやってますか？」

「あ、俺、そういうのやらない主義。ネットに自分の人生を残したくないのよ」

ツイッターもインスタグラムもやっていないということだった。

「今って、そういう人のほうが珍しいですよね。きれいな景色とか、友達とシェアしたくなりませんか？」

「見せたい人には、会った時に直接見せればいいから。リサちゃんから見たら古い人間だと思うけど、俺は生きたコミュニケーション重視なの」

実際に会うことだけを「生きたコミュニケーション」と定義しているのはすごく時代遅れな感覚だと思う。三十代っておじさんだな。

コウさんがごそごそとジーパンのポケットからホテルのビジネスカードを取り出し

た。

「またお茶しましょうね。俺の宿は『ホテル・パラディソ』。リサちゃんのホテルから歩いて五分」

現地価格で記載してある一泊の値段を日本円に換算すると、今ステイしているホテルの十分の一の値段だった。

「ここ、部屋空いてますか？」

街に慣れたら、今泊まっているホテルを出てどこか安い宿に移るつもりだった。

「あ、泊まるんならオーナーに話しておくよ。確か、今日出ていく二人組がいたはずだから、部屋一つ空くんじゃないかな。予算はいくら？」

私が予算の上限を伝えるとコウさんは、荷物をまとめたらうちのホテルにおいで、と言ってくれた。一回部屋に帰って荷物をまとめ、お世話になったカルロスに御礼を言ってから、コウさんの待つホテル・パラディソにむかった。

ラパスは街がすり鉢状になっている。空港からホテルまでのバス移動ではぐるぐると山道を下り、急に高さが変わったせいもあって、いきなり高山病になってしまったのだろう。標高の高い場所は貧しい人が住む郊外。すり鉢の中心の比較的標高が低い場所は、地価も高い。ホテルや観光客向けの主な施設は大体、中心地にある。中心地は高層ビルなどもあって意外と都会だけれど、なにしろ坂と階段が多く、空気も薄いので、歩き回るとすぐに疲れてしまう。徒歩五分と言われたコウさんのホテルは、狭くて急な斜面を五分間登り続けたところにあった。到着して荷物をおろすと、ロビーのソファに倒れこんでしまった。ソファの前には、小さな机が二つ隣同士に並べてあり、情報ノートが置かれている。

どこの日本人宿でも、滞在中の日本人が一堂に会するたまり場があって、人恋しい旅人たちはそこでだらだらと喋ったり、旅の情報交換をする。このホテルのたまり場は、どうやらここらしい。ほとんどのたまり場には「情報ノート」と言われるノートが置かれていて、それがめあてで日本人宿に泊まる旅人も多い。居酒屋のトイレやラブホテルの部屋に置かれているノートのようなもので、宿側ではなく、滞在しているお客さんが次々に記入していくことで成り立っている。現地で見つけた美味しいレストラン情報や、近隣国のお得なホテル情報、時には、そのホテルのオーナーや従業員の悪口が書かれていることもあった。「この従業員は盗み癖があるから、部屋を出る時には絶対に貴重品を持って行くこと」などの注意が書いてあるのだ。従業員は現地の人が雇われている場合が多く、日本語を理解しない。このお店はぼったくる、この人は信頼して良い、この人は日本に行ったことがあるなどと言って物を売りつけてくるから注意、なんていう体験談もびっしりと書かれている。情報ノートは、各ホテルの貴重な財産なのだ。

何の気なしに目の前の情報ノートをぱらりとめくってみると、最新のページにコウさんからの書置きがあった。

「リサちゃん、無事についたかな？　ようこそ〜。18時に帰ります。：KOU」

私はコウさんが宿に帰ってくるまでの時間、市内にある魔女市場に遊びに行くことにした。

空は高く、でも普段より近い。太陽だって大きく感じられる。そのせいなのか喉がぐっとしめつけられるように、カラカラに渇く。魔女市場に到着するまでにペットボトルの水を飲みきって、新しいボトルを一本買い足した。数十歩ごとに息切れして立ち止まってしまう私をあざ笑うみたいに、重そうなカゴを頭にいくつも載せた現地人が坂道をひょいひょいと登っていく。なんてたくましいんだろう。

こまめに休憩を取りながら坂道を上がったり下がったりして、ようやく市場にたどり着くと、そこにはあらゆるものが並べられていた。干からびたヒトデ。イソギンチヤク。昆虫。リャマの胎児《たいじ》。カエル。トカゲのミイラ。コカの葉っぱ。タッパーに入った名前のわからない薬草。砂鉄。ハリネズミの針。大小さまざまな形のキャンドル。怪《あや》しげなパッケージに入った精力剤。

いくつかのお店を見学した後、記念に小さいドクロのついたネックレスと呪《のろ》いをはねのけるというフェルトで出来た小さな人型の人形を買う。旅の間のお守りにするつもりで、人形はポーチにつけた。

宿に戻ってひと眠りしたらもう十八時半だ。食事をしに外に出て帰ってくると、たまり場は小さな居酒屋みたいになっていた。いつのまにか宿に戻ったコウさんが「お、リサちゃん」と気づいてくれた。私の人形を指さして「あ、魔女市場に行ったのかな？　けったいなもの買ったねー」と笑う。そして、他の旅人さんたちに私を紹介してくれた。

それぞれに飲み物や食べ物を持ち寄り、旅のエピソードを披露《ひろう》しあう会はそれなりに楽しかった。こんな小さな飲み会が日本人宿では毎晩繰り広げられるのだろう。それも、旅人が集う理由になっているに違いない。

夜が更けていくにつれ、一人、また一人と自分の部屋にかえっていって、最終的にたまり場にいるのはコウさんと私だけになった。コウさんに、日本では何をしていたのか、働いたことがあるのかどうか聞いてみると、俺、何してる人に見える？　ともったいぶられた。私が答えあぐねていると、コウさんは、働いているようには見えないか、と笑いながら、手に持っていたお酒を一口飲んだ。

「俺ね、僧なの」

「ソウ？」

「家がお寺なのよ。いずれ継ぐの。父親がまだ現役だから、三十一歳にもなってフラフラ出来るんだよね。帰国後に寺を継ぐのが条件だけど」

「お坊さんってことですか？」

「ソウです、なんつって」

「お酒もタバコもしてるし、髪の毛あるじゃないですか」

「うん、俺不良なの。だからSNSとかにはアップしないで」

お経とか唱えられるんですかとかまをかけてみると、ぶつぶつと異国の歌みたいなメロディーを少しだけ口ずさんでくれた。けれどやっぱり、コウさんがお坊さんというのはしっくりこない。

まじまじと見つめていると、コウさんは「惚《ほ》れるなよ。アイドルばりの恋愛禁止だから」と笑った。

「ヒゲのある人は嫌いなんで」と言って肩をぶつ。バックパックのせいで鍛えられているのか、しっかりと筋肉がついていて厚い。

「本気の恋は嫌いから始まるんだぜ」

「コウさんは嫌いから始まる恋愛、したことあるんですか」

一瞬、コウさんの目が私を通り越して、どこか遠いところを見たような気がしたけれど、すぐにさっきまでのいたずらっぽい顔に戻る。

「秘密だよーん。今時の女子大生はなんでもかんでもSNSに書くからな」

女子大生という雑なイメージの枠の中にあてはめられるのはいい気がしない。気分がガサガサして、目の前にあったペットボトルの水をがぶ飲みした。

「明日からどこに行くんですか」

「バスでペルーに入るよ」

「ペルーのどこですか。私はウユニ塩湖の後はマチュピチュに行きます」

マチュピチュへは、ペルーのクスコという都市から、鉄道で行く。

「おー、マチュピチュね。いいとこだったよ。俺は一周目で見たから、今回はナスカの地上絵を見てくるわ」

「あ、私も行きたかったけど、時間が無くて旅程から外したところです」

「じゃあ、俺が見た感想、伝えるよ。ペルーではどこに泊まるの？」

初日は「アルパカホテル」の予定だと告げるとコウさんは「俺はまだ宿は決めてないけど、リサちゃんの泊まる宿に置手紙をしておくわ」と言った。

「本当ですね？　探しますよ」

「うん、絶対にわかるところに俺の痕跡を残しておくから」

時計が三時を指したころ「そろそろ寝ようか」とコウさんが言って、私たちはそれぞれの部屋に帰った。そして、翌朝のまだ空気が澄んでいるうちに、コウさんは旅立ってしまったらしい。私の部屋のドアには「アルパカホテルで会いましょう！：KOU」という書置きが練り消しみたいなものでべったりとくっついていた。

翌日から予定通りウユニ塩湖へ行き、一泊した。ホテル・パラディソに戻って、体力回復と称して数日ゴロゴロした後、ホテルをチェックアウトして、ペルーのクスコへと向かった。長距離バスを乗り継いで二日かけて行く。通常は一日で行けるらしいのだけれど、運悪く、直通の道路が工事中だということで予定がずれた。初日は朝から晩までバスに乗って、到着したホテルで夕食を食べて爆睡。翌朝は朝食も食べずにバス・ターミナルに向かって、またバスに乗る。小刻みな振動に一日中揺られていると、尾骶骨《びていこつ》が少しずつ削られていく感覚がした。けれど、同じ経験をきっとコウさんもしているのだと思ったら、我慢できる気がするのだった。

うねうねと曲がりくねった道を行く間、車酔いしないようにずっと喉飴を舐《な》めていた。黄色い包装紙にはピニャコラーダ味という文字。スペイン語で「うらごししたパイナップル」という意味を持つ、ラムをベースにしてパイナップルジュースとココナッツミルクをいれたカクテルの名前だ。日本でも何度か飲んだことはあったけれど、南米土産の一つになっているらしく、街のあちこちでこの文字を見た。

喉飴は、車酔いを防ぐだけではなく、空気の乾燥から喉を守ってくれる役割もあるので、乗り物に乗っていない時もずっと舐めるようにしていた。青い空とどこまでも続く湖と、トロピカルなパイナップルの味。天国に行く時もきっとこんなふわふわした心地なんだろう。現実感が舌の上で喉飴と一緒に溶けていく。

すりきれた尾骶骨をさすりながら、やっとの思いで到着したクスコのアルパカホテルは、日本人宿と言っても、オーナーはペルー人だった。けれど、たまり場になっている休憩室に、日本語の情報ノートはばっちりある。宿帳に名前を書くと、オーナーが「オー」と言って、日本人情報ノートを渡してくれた。見ろ、見ろ、という身振りをされるので、最新のページを開くと「あっ」と思わず声が出た。置手紙ってこういうことね、と納得がいく。

「【私信】リサちゃん、このメッセージを見ているということは、無事に到着しましたね。長旅、お疲れ。お尻、めーっちゃ痛くない？　ナスカの地上絵、良かったです！　地球を感じる！　でかい！　次回はぜひ行って。
そうそう、ボリビアでもペルーでも、日焼けした赤ちゃんをたくさん見ます。なんか赤ちゃん率、高くない？　ここに比べると日本って大人だらけの国だなーって思えてきました。赤ちゃんがたくさんいるってことは、この国はこれからどんどん発展するってことだと思います。日本は……どうなるんだろうね。リサちゃんは、なんか気づいたことある？　また教えて。
それでは、次は、モロッコかエジプトでお会いしましょう。俺はモロッコではカサブランカの『プリズム・ハウス』、エジプトではカイロの『ホテル・モア』に泊まると思います。お先に！　チャオ！：ＫＯＵ」

男の人の字は、もっと読みづらいものだと思っていた。くにゃくにゃと曲がって丸みのある文字は、まるで外国製のグミみたいで可愛い。「お尻、めーっちゃ痛くない?」のところだけ、ノリノリなコウさんの声で脳内再生された。めーっちゃ痛いです、コウさん。

そう心の中で返事を思い浮かべた時はたと気づいた。この手紙、一方通行だ。私が返事をしたい時はどうしたらいいのだろう。お尻はめっちゃ痛いですし、ナスカの地上絵についてもっと聞きたい。「彼はいついなくなったのか」と、ペルー人オーナーに聞くと「イエスタデー」と言われた。道路工事がなければ、あと一日早くついて会えていたのに。

帰国したら卒業論文を提出しなきゃいけないこともあって、もともとタイトなスケジュールを組んでいたのだけれど、今後は旅程をしっかりなぞらないとコウさんとどんどん離れてしまう気がした。ホテルもコウさんが泊まる予定だと書いていたところにしよう。世界一周航空券はフライト日程をあらかじめ決めるため、変更がきかない。どうしても変更したい時には、ちょっとした額の変更手数料が必要になってくるし、現地の電話オペレーターとの英語でのやりとりには不安があった。下手なことをして、変更し損ねたらたまったものじゃないから、それはなるべくしないほうがいいと、ホテル・パラディソで出会った旅人も言っていた。飛行機に乗り遅れるとさらに厄介なので、旅行中は早め早めに行動している。空港の滞在時間もたっぷりとある。

バスや列車移動の時は常に耳に入れている音楽プレイヤーのイヤフォンを、空港では外す。空港の人々の会話を聞くのが好きなのだ。耳をそばだてると、いろいろな国の言語が音楽のように聞こえる。その言語のとがり具合や丸みが、そのまんまその国をあらわしているように思う。乗り継ぎのスペインは、四角くて固い音がした。次に到着したモロッコでは、金属製の楕円形の楽器の音色のように感じた。小さい時に読んだアラジンの絵本の、魔法のランプ。あれを楽器にしたら、こんな音がなるんじゃないか。

プリズム・ハウスという日本人宿に到着しても、コウさんはいなかった。けれど、情報ノートを開くと、前と同じようにメッセージが書いてあった。

「【私信】リサちゃん、アッサラームアレイクン！　ご存知の通り、モロッコの公用語はアラビア語です。スペイン語までは、まだアルファベットだから意味の予想がついたけど、いよいよ、予想が全くつかない国に到着だね。何度見てもアラビア語は覚えられません。

でも街に出ると、フランス語も結構通じるよ。長い間フランスの植民地だったからね。カサブランカはスーク（市場）が楽しいから見逃さないでね。アルガンオイルを買うといいよ。モロッコに自生する『アルガン』という木の実から取れるオイルで、髪にも肌にもいいです。日本で買うと高いらしい。

買いすぎとぼったくりには注意してね。スークにいくなら、絶対に鶏の丸焼きは食べてください。どこで食べても美味しいはず：ＫＯＵ」

メッセージの内容はとても平べったく、あたりさわりがないように思えた。もう少し個人的なこと……ボリビアの時のように、コウさんの気づきなどが書いてあったらよかったのに。手を抜かれているような気持ちになり、口の中がすっぱくなった。会えなければそれでもいいと思っていたけど、実際に会えないとなると、拒否されたような悲しみが胸の奥から小さく湧いて来るのだった。

ともすると、ぐちゅりと重たく塗りつぶされそうになる感情を振り払うようにして、コウさんに言われた通り、部屋に荷物を置いてスークに向かう。噂には聞いたことがあるけれど、スークはまるで巨大迷路だ。バブーシュ、香辛料、革バッグ、伝統衣装、ドライフルーツ、ランプ、お菓子……食品の香り、スパイスの香りと大勢の人間の体臭がまじりあって、熱気に変わっている。

「ビンボープライス、オッケー！」

「バザールデゴザール！」

どこで覚えたのかと思うような日本語が飛び交う。商人たちは、通り過ぎる人の肌の色から人種を瞬時に見極め、その人に合わせた言語で呼び込みを行う。

あらゆるものがごったがえしているその様に、ただただ圧倒され、ふわりと一人だけ浮いているような気持ちだった。魂を抜かれたようになり、動くものを目的もなく目で追っていると、雑踏の中に一筋だけ光がさしているような気配を感じ、見覚えのある顔を見つけた。

「コウさん！」

コウさんは、現地の人に混じって水タバコを吸いながら、モロッコ名物のミントティーをすすっていた。薄黄色だった肌は、栗の皮の色のような濃い茶色に変わっているし、ヒゲはちょっとだけ濃くなっていた。けれど、細い目も、ちょっと上がった口角も変わらない。私は懐かしさと愛おしさで、抱き着きたいような衝動にかられながら走り寄った。

「コウさん！　コウさん！」

けれど、コウさんの反応ときたらあっさりしていて、拍子抜けしてしまう。

「あ、リサちゃん。まさかここで会うとは思わなかった」

まるで渋谷かどこかで会ったみたいな口調だ。ここはモロッコだというのに。「私もです」とは言ったけれど、そっけない態度にまともに傷ついていた。

「生き別れの兄に会ったみたいな顔してるね」

「生き別れの兄に会ったみたいな気持ちですから」

「ウケる」

「ウケないでください」

目尻がじわりと熱くなるのがわかったので、慌てて指でぬぐって、なんでもないふりをした。

「コウさん、焼けましたね、肌」

「そうかもね、自然に焼けちゃった。ボリビアでは標高が高いから紫外線も有害なんじゃないかって警戒して、日焼け止め塗ってたんだけど、だんだん面倒になってきて。でも、これ以上黒くなりたくないから、さすがに日焼け止め買いなおしたわ」

まぁ座りなよ、と言われたので、二人掛けのテーブルのあいている片方に座らせてもらう。そのまま二人で道行く人たちを眺めた。頭にターバンを巻いた二人組が連れ立って歩いて行ったかと思うと、伝統衣装を着た人が大きな天秤《てんびん》を肩にぶら下げて荷物を運んでいく。アラジンの世界が目の前にそのまま広がっているのだ。自分も物語てくる。


の中の人物のような気がしてくる。

無言のままそうしていたら、なんだかずっと、コウさんとここにいるような気がしてくる。

しばらくするとコウさんが頼んだ二人分のミントティーが運ばれてきた。一口すると、甘すぎるほど甘い。けれど、後味はすうっと消えるように爽やかだ。

「コウさん、感動の再会なんですから、もう少し喜んでください」

「あ、ごめん。でもね、ルートが同じ人って意外と何度も会うものよ。俺も、宿ごとに会う人何人かいるし」

そういうものなのだろうか。まだまだ世界一周道は深い。経験していないことがありすぎる。

「コウさん、世界五周もしてどうするんですか」

「世界を五周したら、消えられるっていう都市伝説があるんだよね」

どこで言われているんだろう。そんなことは初めて聞いた。

「消えたいんですか」

「うん、消えたいね。消えたいと思いながらいろんな国をグルグルしてるんだけど、消えられなくてさ」

「死にたいってことですか」

「死ぬのは怖いじゃん。だから消えたいの」

コウさんの顔――ボリビアにいた時よりも頰がそげた気がする――を見つめるけれど、心はここにないようだ。まるで一人きりで生きてきたみたいに、さみしそう。

「まぁ願掛けみたいなものかもね。五周し終えたら、願いが叶うと信じてるの」

「願いってなんですか」

一秒ほどの間があいてから「消えること」という答えが返ってきた。コウさんはタバコを吸って、各テーブルに置いてある赤茶色の灰皿でもみ消した。禁煙とか分煙なんて概念はこの国にはまだない。

「消えたくなる時っていうのは、街と自分がふっとリンクして、その国の中に溶け込みたくなるの。日本に残してきた人のことやこれまでの人生が一瞬ふっとんで、二度と帰りたくなくなる」

そういえば恋愛のことを聞いたときに、コウさんがふと遠い目つきをしたことを思い出す。

「これは旅行会社の人に聞いた話だけど、実際に海外でふっと消えてしまう人って多いらしいよ。ツアーの最終日に空港で集合したりするでしょ。そうすると、一人いつのまにかいないことがあるんだって。で、一生懸命探すし、大使館とかにも届けを出すんだけど、どうしてもどこにいるかわからないんだって。そういう人、年間に一人や二人どころじゃなくて、ものすごく多いんだって。みんなどこに行っちゃうんだろうね」

コウさんは、まるでおとぎ話をするみたいに話すけど、人が消えるなんて、本当ならめちゃくちゃ怖い。鳥肌がぞくりと背中をなぞっていく。

「そういえば、リサちゃんはなんで旅に出たの」

やっと質問された。私ばかり質問していることをちょっと不満に思っていた。質問の数は、相手への興味の量だから。

私が世界一周をしようと思った理由は、夢だったから。なんかかっこいいと思ったから。いろんな国を見たいから。たくさんの答えが頭をよぎったけれど、口を突いて出た言葉は「自分を変えたいから」だった。

子供ではないのに、大人にもなりきれていなくて、何もかもが中途半端な感じがする自分。水中をあてもなくふにゃふにゃと浮遊するクラゲみたいな芯の無さが嫌で、何かを強制的に変えたくて旅に出たのだ。

「旅に出てから、変わった？」

「……正直言って、変わらないです。普段は日常が曖昧にしてくれる、嫌なのに変えられないところがかえって目立つようになりました。でも、そうやって変えられないところと向き合ったら、自分の変わらない良さにも気づけるんじゃないかと思って。これは私なりの修行です」

そうかぁ、とコウさんは言い、しばらく何かを考えているようだった。ふいに手を挙げて店員を呼び、お会計をしてくれる。

「ごちそうさまです」

日本だと特にどうということもない値段だけれど、旅人にとってお金はいつにもまして貴重だから、その分特別さが染みる。

「ミントティーも美味しいけどさ、ミントティーに飽きたら、アボカドジュースを飲むといいよ。ジュースっていうか、スムージーに近いのかな。牛乳とアボカドとシロップと氷をミキサーで一緒に砕いて、ビールジョッキみたいなやつになみなみといれてくれるよ。ムースみたいにまろやかでさ。モロッコではやっぱり、アボカドジュースを飲むのがツウだよな」

私はその場で、アボカドジュースを絶対に飲むことを約束させられた。まだ話し足りなかったけれど、コウさんは「早めに空港に行くから」と言う。今夜の飛行機でエジプトに移動するらしい。「エジプトでもきっと会えるよ」と別れ際に言われたけれど、そのセリフが妙にひっかかった。「若い女に追われる俺」物語はさぞ楽しいだろう。追う側の私の気持ちも知らないで。鬼ごっこの鬼役をずっとさせられるのなら、ミントティー一杯ごときでは全く割に合わない。

かさついた気持ちを抱えていたら、乾いた風がしゅうっと吹いて、足元に赤い土ぼこりが立った。目がごろごろしたので、下をむく。大き目の砂粒を何度も瞬《まばた》きしてやっと出し、顔を上げた時には、コウさんの姿は見えなくなっていた。

モロッコ最大の都市・カサブランカの中心街にあるビルの中でひっそりと営業している日本人宿「プリズム・ハウス」は宿自体がとても小さく、部屋が狭く、まるで地下室にいるみたいに日当たりが悪い。おかげでとても安いのだけど、部屋にいると牢《ろう》獄《ごく》に閉じ込められている気分になるので、みんなホテル名のプリズム・ハウスをもじって、プリズン・ハウスと呼んでいた。だから寝る時以外は部屋から避難して、たまり場にいる人が多かった。六人いた日本人のうちの一人で「ハゲさん」と呼ばれている、髪の毛を坊主にしている旅人は、情報ノートに書かれていたコウさんのメッセージを見たのか、私を見るなり話しかけてきた。

「あなた、コウさんの友達なの」

「友達っていうか、まあ、はい。ボリビアで出会って以来、旅程が似ているので、私がコウさんを追いかける感じになっているんです」

自分から話しかけてきたくせに、ハゲさんはふうん、と興味なげに言って、貧乏ゆすりをした。てかてかの頭のてっぺんに、汗がじわんとにじんでいる。

「コウさんと同じルートってことは、次はエジプトに行くの？」

「はい、そのつもりです」

「エジプトに行くなら、絶対に、ピラミッドに登頂しておいでよ」

ピラミッドの登頂は禁止されているはずだ。けれど、そこからハゲさんの武勇伝披露が延々と続いた。ハゲさんは世界一周の達人で、三年かけて世界各国をぐるぐると何周も回っているらしい。自分がどんなに危険なことをしてきたかを誇らしげに語る。

「ボリビアでデスロード、やった？」

「デスロードって、なんですか？」

そう聞くと、ハゲさんは大げさに片手を額にあてて、天を仰《あお》ぐようなポーズをして見せた。まるで私がとんでもなく大きな間違いを犯したみたいに。

「あらー。知らないのかあ。あれは世界一周者の間では知らない人はいないといわれる有名なアトラクションなのになぁ」

デスロードというのは、バスがぎりぎり一台通れるか通れないかという狭い急斜面を自転車で駆け降りるアトラクションだそうだ。未整備の道には、ガードレールがない箇所もあり、毎年数百人が命を落とすという。危険なアトラクションだからこそ、やり遂《と》げた旅人は英雄視されるらしい。

一緒にいた日本人旅行者たちは、ハゲさんを大げさに讃《たた》えた。

「すごいっすね」

「やっぱ、ここまできたら、一通りの経験はしたいですよね」

白々しい言葉たちが耳を刺激すればするほど、手のひらの温度が低くなり、自分の表情がとげとげしくなっていくのがわかる。

――私、この人たちのことは嫌いだ。そしてこの宿も嫌い。

その日は、具合が悪いことにして、早めに部屋に帰ったけれど、方眼紙のような小さな鉄格子の窓しかない部屋の中で息がつまり、なかなか寝付けなかった。

翌日、「いろんなホテルを見たいので」と嘘をついてプリズム・ハウスをチェックアウトした。行く当てを決めているわけではなかったけれど、数日前にきたスークをあてもなく歩いていると、宿の客引きが次々と話しかけてきて、瞬く間に次の宿が決まった。

新しい宿で冷静になってから、ハゲさんたちの会話のどこがそんなに嫌だったのだろうかと考える。ハゲさんは他人から「すごい」と言われるために旅をしているのだ。でも、コウさんはあくまで自分のために自分と向き合う旅をしているように感じた。ハゲさんたちが「経験」と呼んでいることと、コウさんが考える「経験」はきっと違うのだ。

数日後、「きっと会える」という言葉の余韻を握りしめたまま、エジプトのカイロに到着した。空港に降り立った瞬間、むっとした熱気に包まれ、体中の毛穴から汗が噴き出る。はらってもはらってもぬぐい切れない不快さは、気候のせいだけではない気がする。町全体が埃《ほこり》っぽく、水を飲んでも飲んでも、喉がイガイガする。砂漠が近いせいなのか、排気ガスのせいなのかはよくわからない。空港から乗ったタクシーは窓が閉まらず、持病の喘息《ぜんそく》が悪化しないように、私は乗車中、ずっとタオルを口にあてていた。

コウさんが泊まると書いていた「ホテル・モア」は雑居ビルの最上階にある。古めかしい鉄格子のエレベーターには故障中という意味の「アウト・オブ・オーダー」の看板がかかっていた。仕方なくバックパックを背負って階段をのぼる。錆《さび》と埃だらけの手すりで、上に着くまでに手のひらが真っ黒になっていた。この階段を登り切ったら、コウさんに会えると思っていたのに、頂上で待っていたフロントのスタッフに尋ねると、コウさんはもうチェックアウトしていた。

表紙がざらついた情報ノートに、くっきりとしたインクで残る丸文字。

「【私信】リサちゃん、カサブランカでちゃんと鶏の丸焼き、食べた？　美味しかったでしょ。あ、あとアボカドジュースも。

エジプト初心者のリサちゃんは、今日か明日あたり、きっとピラミッドを見に行くことでしょう。楽しんできてね。スフィンクスって意外と小さいよ。あと、いい位置に立てば、スフィンクスとキスしてるみたいな記念写真が撮れます。場所取り合戦に勝ったら、ぜひやってみて。俺はカイロがあまりに埃っぽいので、海に入りたくなりました。カイロからバスで十時間くらい離れたダハブっていう場所に行きます。バックパッカーの間では有名だから、聞いたことあるかな？　世界一安いリゾート地。ダイビングもめちゃくちゃ安く出来るし、海もきれいだし、飯もうまいです。バス会社が数日中にデモをする可能性があるらしく、バスが止まる前に移動します。ごめんね。

でも、次はインドで会えるんじゃない？　ドタキャンではなく、キャリーオーバーだと思ってください。次回がより楽しみになるってやつです。インドではニューデリーの『ワイルドツリー』っていう名前の宿に行く予定。そんじゃーね。Have a safe trip!」

そんじゃーね、じゃないよ……。七階まで重い荷物を背負って登った疲れが一気に押し寄せた。エジプトで会えるよって言ったくせに。ここまで来てどうして裏切るのか。

もう二度と、この階段を登りたくない。足が疲れすぎてガチガチに固くなっているし、吸い込んだ砂のせいで喉も痛い。階段をもう一度登ることを考えると二度と外には出たくなかった。けれど空腹には敵わず、しぶしぶ食事に出かける。長旅中、食費を浮かせるために自炊をする旅人もいるけれど、私ははなから、全て外食ですませると決めていた。鍋や調味料を持ち歩くと重いし、私のような短期の旅行者にとっては、その国の食事を味わえる機会が多いほうがいい。

外に出ると何も考えないまま一番近い食堂に飛び込んで、エジプトの国民食・コシャリを食べた。米、マカロニ、スパゲティ、豆を混ぜた焼き飯の発展形のようなもの。お店によって味がちょっとずつ違うけれど、オニオンやガーリックのフライとトマト、そしてチリソースをかけて食べるところが多い。銀のそっけない深皿に盛られたそれは、口に入れると、ざくざくと小気味よい音がして美味しかった。満腹になると、少しだけ気持ちも落ち着いた。

旅のスタイルは人それぞれだけれど、私の場合は思いっきり観光する日と休む日を交互に作っていた。移動日は移動だけで体力を使うので、翌日は休んでいいルールだ。日本人宿のいいところは、本がたくさんあることで、休む日はいつも朝から晩まで、漫画か本を読むことにしていた。移動中に読み終わった本は、次の宿で交換することが多い。本は宿から宿へと渡り歩くものなのだ。漫画は持ち出しを禁止にしている宿が多いけれど、本はどんどん国境を越える。

この宿はどんな品ぞろえだろうと本棚を覗きこむと、見覚えのある表紙が、本棚の一番上に置いてある。どこで見たんだっけ、と記憶をたどると、スペイン語のラジオの声が耳によみがえった。そうだ、これはコウさんが、ボリビアのカフェで読んでいた本だ。荷物を軽くするために、置いて行ったんだろう。

私は、自分が持っていたお気に入りの小説を一冊ここに寄付《きふ》していく代わりにコウさんの手にしていた本を引き取ることにした。けれど、すぐには読む気が起きない。誰かの所有していた本を読むって、相手の心に無断侵入するようで、少しだけ気が引けた。

私は本に手を付ける代わりに、手近にあった情報ノートをめくった。数年分がガムテープで雑にまとめられて、分厚い辞書のようになっている。柔らかい感触が指をペラペラとなでていった。

ふと目に留まった箇所に「ピラミッドに登頂しました!:ハゲ」と書いてある。日付は二年前。まさかのモロッコで出会ったハゲさんの書き込みだ。モロッコで自慢げに言っていたことは本当だったのだ。嫌気がさしながらページを閉じようとすると、その書き込みにいくつもの矢印が引かれていることに気づく。矢印の先には、複数の旅人によって、非難と注意の言葉が書かれている。「ふざけるな。心ある旅人の方はこんなこと、絶対にやめてください」「こういうヤツのせいでバックパッカーのイメージが悪くなるんだよ」「無許可での登頂は犯罪なので絶対にやめましょう。国際問題になります」

思わず「ハッ」と声を出して笑ってしまう。モロッコからもやもやとつっかえていたものが少しだけ軽くなった。

ピラミッドを見て何度かコシャリを食べた後、旅程通り、ヨルダンとイスラエルを旅した。コウさんとの約束がないせいで、何にも気にせずに旅行が出来る。気持ちの余裕も出来たので、コウさんが置いて行った本を読み始めた。とある女性作家が、仕事とプライベートの岐路《きろ》に立ち、本当の自分を探す旅に出るという話だった。本はところどころドッグイヤーされていて、この部分がコウさんの心に触れたのかと思うと、愛おしいような気がして、折り目を指の腹で何度も触った。一ページ、また一ページと読み進めるたびに、コウさんに近づいていく気がした。

インド行きの飛行機の中では、もうすでにドキドキと心臓が小さく緊張気味に鳴っていた。コウさんに会えると思うと嬉しくて、でも怖いような気もする。夏休みが終わって友達に会う時のあの気分に似ている。

首都のニューデリーに着くとまずは昼食のカレーを食べた。店で「ワイルドツリー」の場所を聞くと、ちゃんと教えてもらえた。インド人は道を聞いても、それぞれに違うことを教えるとか嘘を言うとかって聞いていたけれど、そんなことはなかったな、とほっとする。

ワイルドツリーの情報ノートはフロントに置いてあった。湿気でほんのりしめっているページをめくると、見慣れたあの文字が目に飛び込んできた。

「【私信】リサちゃん。この手紙はちゃんと見つけてもらえるかなぁ。

旅をしている間、リサちゃんの言葉を何度か思い出しました。モロッコで会った時、変えられないところと向き合ったら、自分の変わらない良さにも気づけるんじゃないかと言っていましたね。あの時のリサちゃんの顔が鮮やかに思い出せます。俺ももしかしたら、消えたさを抱えながら、消えないものを探しているのかもしれません。

この後はバラナシに行きます。宿はまだ決めていませんが、『ホテル・アラビア』っていうゲストハウスにたぶんいると思う。長く滞在するつもりなので、そこで会いましょう。：KOU」

モロッコでは簡単に会えたのだから、ニューデリーに到着しさえすれば会えると思っていたのに、また肩透かしを食わされた。そしてなんだかメッセージの雰囲気が少し変わった気がした。

ニューデリーには五日滞在しようと思っていたけれど、早く切り上げて、コウさんに追いつこう。三日、いや、二日後に出発しよう。そんな風に頭の中で計画を練り直し、夜行列車のチケットを買った。

ガンジス川があることで有名なバラナシは、インドらしいインドという感触がする騒がしい街だ。街のどこへ行っても人がぎゅうぎゅうと混雑していて、人と同じくらい動物も物も溢れていて、何かに飲み込まれそう。ニューデリーもしっかりとインドだったけれど、バラナシのほうが、エネルギーが強い気がする。

コウさんからの書置きにあった通り、「ホテル・アラビア」に足を運ぶ。人々は、肌の色が濃く、くるくると舌を丸めて何かをせわしなく喋っている。ホテル・アラビアはがやがやと同じようなホテルが続いている一画にあった。

たまり場でいつものように情報ノートを開くと、最新の書き込みは一週間前に滞在した人の落書きだった。コウさんの痕跡はどこにもない。

何かの間違いかと思って、過去の情報ノートもくまなく見てみたし、フロントにコウさんの特徴を伝え、「この人がこなかったか」と尋ねたけれど、誰もコウさんを見ていないし知らないという。もしかして、違う「ホテル・アラビア」にいるのではないかと、周囲を歩き回って聞き込みもしたけれど、どう考えても自分のいる場所が、コウさんと約束した「ホテル・アラビア」で間違いなさそうだ。

他にも日本人が来そうなレストランやいくつかの安宿をまわって行方を尋ねてみたし、街を歩くときは常に必死に目を凝らすようにした。けれど、コウさんの手がかりは全くない。もしかしたら気が変わって、他の場所に行ったのかもしれない。行くとしたら、どこだろう。世界一周常連者が目的にしそうな場所をあれこれ考える。インド国内なら、コルカタにあるマザー・テレサの施設や、リシュケシュのアシュラムと言われるヨガ施設だろうか。旅人が気まぐれをおこすことはよくある。私に何らかのメッセージを残しておいてくれていいはずだけれど、現に何も残っていないわけだし、結局コウさんが何を思い、どこへ行ったかはわからない。少し心の距離が近づいたと思っていただけに、フラれた気持ちになる。

もしかしたらコウさんは、世界一周目にして願いが叶って、消えたのかもしれない。

コウさんを待ちながら、二、三日を過ごした。起きたら街をぶらぶらしながらごはんを探し、宿に戻ったら宿に置いてある漫画や本を読み、またお腹が減ったらごはんに出かけて、ネットカフェで日本のニュースや友達のSNSをチェックして、宿のスタッフや旅人と少しだけ話して、日記とお小遣い帳を書いて、本を読んだり音楽を聞いたりしてから寝る。

コウさんがずっと読んでいた本は、ニューデリーからバラナシまでの列車移動中に読み終えていた。ここでコウさんと会って、下巻を渡してもらうつもりだったのに。

そのままずっとコウさんを待っていたかったけれど、次の目的地のタイへのフライト予定を変えるわけにはいかない。会える保証はないのだし、日本で待っている全ての現実を捨てる勇気がないのだから、私は私の旅を続けるしかない。ひんやりした気持ちがみぞおちに広がり、お腹の底をひたひたにしていく。バラナシを発ってしまったら、もう二度とコウさんに会えない気がして怖い。無理にでも連絡先を聞くか、せめて写真を撮っておけばよかった。

最終日の夜は、明日になったらひょっこりとコウさんが現れるのではないかという期待とともに寝たのだけれど、朝になってもやっぱり現れなかった。私は黙って顔を洗い、ごはんを食べて、歯を磨き、タオルやせっけんや歯ブラシなど、用を終えた小物をひとつひとつバックパックに詰めていった。ボリビアにいた頃より、荷物は少しだけ軽くなっている。

空港に行くリクシャーがホテルに迎えに来てくれるギリギリの時間まで、ロビーでコウさんを待ったけれどついにコウさんは姿を現さなかった。表からは私を呼ぶクラクションの音がパッパーと数回鳴っている。もうこれ以上は待っていられない。

ホテル・アラビアのロビーの情報ノート置き場には、コウさんの文庫本とボリビアで買った人形を置いていくことにした。呪いをはねつける力を持った人形だ。これを見たら、コウさんはきっと、私がここに約束通りに立ち寄ったことがわかるはず。コウさんの本を手に取りなんとはなしにめくると、奥付部分に何か赤いものがついていた。赤アリが本にくっついているのかと一瞬ヒヤリとしたけれど、よく見るとそれは赤いインクで書かれた文字だった。コウさんの字だ。

「俺はどこにいても結局俺なんだなーと気づいちゃいました。消えられないし、逃げられない：KOU」

それは私がぼんやり摑みかけている、この旅の答えのように感じられた。文庫本の裏表紙を開いた内側に、メッセージを書いた。

「私もどこにいても私です。次はコウさんが私を探す番。下巻を持ってきてくれるのを待ってます。：リサ」

次は向こうが私を探す番だ。鬼ごっこの鬼が替わったことを知らせたかった。ホテルの共用の本棚の一番上に、そっと本を置く。

鳴りやまずに響いてくるクラクションの音は、まるでゲームオーバーの知らせのようにも、ゲーム開始の合図のようにも思えた。

エンドロールのようなもの

こんにちは、作者です。私にとって初めての文芸作品を読んでくださって、ありがとうございました。担当編集者さんに小説に自分で解説をつけたいと言ったら、作者からのメッセージはつけないことの方が多いと教えて頂きましたが、個人的には、映画のエンドロールで俳優や監督さんのオフショットが流れて素顔が見られると得した気分になるので、初めての短編小説集ということもあり、ちょっとだけでしゃばらせてください。

この本では「名前の付けられない人間関係」を扱っています。日本は曖昧なものの美しさを愛でる国でありながら、人間関係にだけは明確な名前が付いていて、その人間関係における一般的なルールからはみ出した人や「らしくない」振る舞いをした人を社会全体で叩く風潮があるように感じています。でも人間ははみ出すものだし「らしくない」ことをするものだと思うのです。人の数だけ人間関係があっていいし、その関係性の数だけ、それぞれのルールがあっていい。誰かのルールにあてはまらない人間関係があっていいし、それをお互いに許容する社会であればいい。そんなことを最近思っています。友達ではないけれど恋人とは言い難い人、普段生きている場所は違っても心の支えになっている人、一度しか会っていなくても人生に大きなインパクトを残してくれた人……。呼び方のわからない人間関係を多く持てば持つほど、人生は彩り豊かなものになっていくように思います。この本は、曖昧なものを、曖昧なまま残しておくのもいいんじゃないかという私なりの提案です。

今回の本では、旅も多く扱いました。小説と旅には「じわじわ効いてくる」という共通点があります。著者なりの答えがわかりやすく書いてあるビジネス本を即効性のものとするとしたら、著者から問いかけをもらう小説やエッセイは、読んですぐというよりは、この後の人生のふとした時に効いてくるものなんじゃないかと思います。この本に出てくる私の大切な人たちのことを、人生のどこかでまた思い出して頂ければ光栄です。

二〇一七年七月

はあちゅう

解説　はあちゅうという小説家

岩井俊二

今はブログや最近ではnoteという配信サイトがあるが、昭和の昔は日記が主流であった。日記とは、こっそり一人で書くものであり、誰とも共有しない、家族にすら見られてはならない、自分だけの、自分に向けた秘密の告白みたいなものである。交換日記というものもあった。これは、相手を設定し、二者間で日記を書きあうという、やはり守秘性の高い文書だった。その時代、自分について書くということは、非公開が大原則であった。今やそれはソーシャルネットワークの時代の中で、〝承認欲求〟というまるで異なる自意識に変容し、日記は価値を喪失したかのようである。

そこに書き込むということは、その先はいきなり世間である。待ち受けているのは見ず知らずの他人である。人と人の相互コミュニケーションにおいて、こんなデタラメはない。当然のように他人たちは、様々無責任極まりない意見を投稿してくる。時にそれは炎上し、あなたをフルボッコするのである。

僕は日記世代として、このSNSをかなり奇異な世界だと思って眺めてきた。所詮電源をオフれば存在しない世界なのだから、真に受けなくていいような距離感で付き合ってきた。その距離感でSNSを題材にいくつかの作品を作ってもきた。しかし、遂にこのSNS時代は、SNSによって育まれ、SNSによって心傷つけられ、トラウマを背負わされた、SNS生え抜き世代の作家を世に送り出すに至った。

その代表選手が、この小説の作者、はあちゅうさんだと僕は思う。

彼女と初めてお会いしたのは僕と仲間が主催した飲み会だった。主催者のひとりと友人ということで紹介された彼女の肩書は、ブロガーであったか、インフルエンサーであったか。はあちゅうという不思議な名前について質問し、その由来について教えて頂いた気もする。そんな彼女が小説を書いたというので読んでみたその本が、この『通りすがりのあなた』であった。

そのタイトルから僕が勝手に予想したのは、例えば東京の片隅を舞台に、主人公の女性と、その彼女と何かしら関わる誰かの物語……とか、そういう小さな物語であった。確かに間違いではない部分もある。これは短編集で、ひとつひとつは小さな物語である。しかし総体としては世界の物語、この地球を舞台にした壮大な物語であった。その異国情緒ある読後感は、ポール・ボウルズの短編のようですらあった。

僕はすぐにはあちゅうさんに連絡し、直接会って話をした。ひょっとしたらこれは何か映画とかドラマにできるかもしれない。そんな提案を持ちかけつつ、そもそも聞いてみたいことがあった。どうしてこんな小説が書けるのか？　いきなりこんなものを書けるはずがない。

彼女は言った。

「もともと小説家を目指していたんです」

いや、目指しただけでは書けない。それはもう書いてきた人の作品である。たしかに彼女は既に十冊以上の著作を世に出した作家であるわけだが、それらの著作の多くは自己啓発エッセイというべきもので、そこにも技量は必要だが、小説となるとまた少し違うものである。小説としての処女作『とにかくウツなOLの、人生を変える1か月』はそういう意味では、自己啓発エッセイと小説の中間に位置する珍しい作品だった。しかしこの『通りすがりのあなた』や次の『仮想人生』は彼女の小説家としての才能を存分に発揮している。

いずれにせよ彼女は小説家になっていた人である。それは間違いない。それだけの力量は最初から持っていた。それなりの努力を十代からしてきた人である。普通ならば新人賞などを目指して愚直に小説に向き合う選択肢もあっただろう。しかし、彼女はそういう道ではなく、敢えてネットという世界を選び、ブロガーとして、インフルエンサーとして、読者から共感や批判を浴びる場に身を置いた。水栽培のヒヤシンスである。透明なガラスの花瓶の水の中に自らの魂の球根を沈めたのである。その球根は否応なくガラスに透けた水に根を伸ばし、芽吹き、やがて花を咲かせる。普通の作家なら、あまり見せたくないプロセスが尽《ことごと》く丸裸である。読者や視聴者に見せるべきは〝花〟なのであって、土の中にあるべき根の部分は、とても恥ずかしくて人には見せたくないものだろう。僕だってそうだ。映画を作ると取材に応じなければならないが、創作の過程や作家の想いを世に晒《さら》すというのは思った以上に苦痛が伴うものである。作品がそこにあるのに、作者の言葉など蛇足にしかならないだろうと内心では思ったりしながら、まあそれでも宣伝になるのならと止むを得ず忸怩《じくじ》たる思いに堪えるのである。梶井基次郎の『檸檬《れもん》』のクライマックス、主人公が檸檬を画集の上に置いて逃げるように、作品を世に送り出したら、部屋で布団でも被《かぶ》って世間との交信を一切断ちたいくらいである。これが日記世代の悲しい性《さが》というものだろうか。承認欲求なんてクソ喰らえ。本当は誰にも見せたくないのである。

ところが彼女はまさにその承認欲求世代のカリスマである。その成長過程を、余すところなく世間に晒し、賛否両論浴びながら、時に炎上しながら、進化してゆくという荊棘《いばら》の道を選んだ。そんな彼女のカルマやトラウマを僕は『半径5メートルの野望』というエッセイで読むことが出来たが、読み切れていない著作の中にもきっとまだいろいろ書かれているのだろうと察する。読者との関係が極めてインタラクティヴである。小説という作品を書きながらエッセイも手掛ける作家は数多くいるが、オンラインサロンやソーシャルネットワークを使った様々な活動を通じて、わざわざ他人の言葉を浴び、傷つき、炎上するような発言を繰り返し、それをまた創作の燃料としてリサイクルする。合理的だが普通だったら身が持たない。精神が持たない。こんな作家、かつていただろうか。

思い出すのは太宰治である。有名になった自分を訪ねてくる同窓生を辛辣《しんらつ》に描いた『親友交歓』や、宿敵志賀直哉を徹底的に罵倒する『如是我聞』。「小鳥を飼い、舞踏を見るのがそんなに立派な生活なのか。刺す。そうも思った。大悪党だと思った」第一回芥川賞がどうしても欲しかった太宰は、落選した怒りからか、選考委員の一人であった川端康成をこんな風に罵《ののし》った。太宰治が今の時代を生きていたら、きっとSNSをふんだんにやっていた気がしてならない。太宰治の独創性には、当時誰も持ち得なかったSNS性があった気がするのである。書きなぐるような、書き散らすような、言い間違いや訂正すら辞さない文体は、今なお古さを感じさせない。僕自身、そんな太宰治に長い間魅了され続けるファンだから、すぐに引き合いに出す嫌いもあるのだが、小説家という職業を単に書斎の机の上の物書きに終わらせようとしなかったところは、どこかはあちゅう的であり、はあちゅうさんもまたそういう意味で太宰的なのである。とはいえ太宰は他人をディスることにかけては稀代《きたい》の名人でもあり、はあちゅうさんと似ても似つかぬ部分も多いわけだが、『桜桃』『満願』のような美しい短編を書き、『人間失格』のような読者に途轍《とてつ》もないトラウマを残す傑作も書いた。自身の生き様を丸裸に晒しながら、SNS世代のトップランナーとして走るはあちゅうさんはきっと人間の美しさも醜さも飲み込んで、太宰のようなかつてない作家になってゆくに違いないと思うのである。

『通りすがりのあなた』で半径5メートルの人間関係を地球規模のスケールで描こうとした作家は、次の『仮想人生』では東京を舞台に半径5ミリメートルのような危うい人間関係を描いてみせる。その表現世界は確実に進化、そして深化を続けている。はあちゅうさんのここまでの作品も素晴らしいのだが、敢えてこれらを秀作と言わせてほしい。はあちゅうさんがその才能の真価を見せつける、太宰における『人間失格』のような傑作がいずれ必ず我々の前に登場する。そんなはあちゅうさんを見てみたいという願望も半分あるが、敢えて〝予言〟としてここに記しておこう。彼女はいずれ二つとない傑作を世に送り出す。才能以上に、それだけの体験をしてきた人である。SNS世代の中でも稀有《けう》なる作家なのである。楽しみだ。

本書は二〇一七年九月、小社より刊行されたものです。

|著者| はあちゅう　1986年生まれ。幼少期を香港、シンガポールで過ごす。慶應義塾大学法学部在学中に友人と企画した期間限定ブログが書籍化されたことをきっかけに、媒体を横断した発信を開始。卒業旅行は企業からスポンサーを募り、タダで世界一周を敢行した。卒業後、電通、トレンダーズを経てフリーに。『半径5メートルの野望』『仮想人生』『旦那観察日記』など著書多数。noteで継続している月額課金制マガジンや音声プラットフォームVoicyでの発信も好評。
ツイッター、インスタグラム　@ha_chu

通《とお》りすがりのあなた

はあちゅう

2020年4月15日第1刷発行

講談社文庫
定価はカバーに
表示してあります

発行者——渡瀬昌彦
発行所——株式会社　講談社
東京都文京区音羽2-12-21　〒112-8001
電話　出版　(03) 5395-3510
　　　販売　(03) 5395-5817
　　　業務　(03) 5395-3615
Printed in Japan

デザイン—菊地信義
本文データ制作—講談社デジタル製作
印刷———豊国印刷株式会社
製本———株式会社国宝社

ISBN978-4-06-519331-0

講談社文庫刊行の辞

二十一世紀の到来を目睫に望みながら、われわれはいま、人類史上かつて例を見ない巨大な転換期をむかえようとしている。

世界も、日本も、激動の予兆に対する期待とおののきを内に蔵して、未知の時代に歩み入ろうとしている。このときにあたり、創業の人野間清治の「ナショナル・エデュケイター」への志を現代に甦らせようと意図して、われわれはここに古今の文芸作品はいうまでもなく、ひろく人文・社会・自然の諸科学から東西の名著を網羅する、新しい綜合文庫の発刊を決意した。

激動の転換期はまた断絶の時代である。われわれは戦後二十五年間の出版文化のありかたへの深い反省をこめて、この断絶の時代にあえて人間的な持続を求めようとする。いたずらに浮薄な商業主義のあだ花を追い求めることなく、長期にわたって良書に生命をあたえようとつとめるところにしか、今後の出版文化の真の繁栄はあり得ないと信じるからである。

同時にわれわれはこの綜合文庫の刊行を通じて、人文・社会・自然の諸科学が、結局人間の学にほかならないことを立証しようと願っている。かつて知識とは、「汝自身を知る」ことにつきていた。現代社会の瑣末な情報の氾濫のなかから、力強い知識の源泉を掘り起し、技術文明のただなかに、生きた人間の姿を復活させること。それこそわれわれの切なる希求である。

われわれは権威に盲従せず、俗流に媚びることなく、渾然一体となって日本の「草の根」をかたちづくる若く新しい世代の人々に、心をこめてこの新しい綜合文庫をおくり届けたい。それは知識の泉であるとともに感受性のふるさとであり、もっとも有機的に組織され、社会に開かれた万人のための大学をめざしている。大方の支援と協力を衷心より切望してやまない。

一九七一年七月

野間省一